高宮 光
Hikari Takamiya
翔とマッチングアプリで【相性98%】だった“アカリ”さん。実は翔の元カノで――!?
JN091963
マッチングアプリで元恋人と再会した。
CONNECT
Reunited with my former lover on a dating app

藤ヶ谷翔
Sho Fujigaya
“カケル”というユーザーネームでマッチングアプリ『コネクト』を始めた大学生。
「カケルさんお待たせしました〜っ、アカリで……す……」
スマホから正面に移った視界には、数日間やりとりしたアカリさんがいる。……と、思っていた。そのはずだった。
直前の台詞から、間違いなく今俺の目の前にいる女の子は、アカリさんだろう。なのにどうして……。

「私で緊張してくれて、嬉しいです……」
初音 心
Shin Hatsune
翔の大学の同級生。引っ込み思案な性格を変えるため、思い切ってアプリに登録した。

――「ねぇこれ着てみてよ」
――「ほら、あっち！」

——「いけー!! 私の専用車!!」
「相性は良いはずなのにね」

「さあ、帰るぞ。立てるか？」
俺が差し出した手を握って立ち上がった光は、じっと俺を見つめる。
赤く染まった頰、艶のある唇。
この距離で見ると流石に少し照れるな。
比べるものでもないが、光もココロさんに劣らないくらいには可愛い。
タイプは全然違うが、高校の時もとにかくモテていた。

整った顔に護りたくなるような華奢な体、そして男子でも気兼ねなく話せる明るさ。
「ねえ」
じっと俺を見つめていた光は、もたれかかるように俺の胸に手を当てて——。

Contents

CONNECT

Reunited with my former lover on a dating app

illustration: 秋乃える
design work: 杉山絵

マッチングアプリで元恋人と再会した。

ナナシまる

角川スニーカー文庫

23241

プロローグ　マッチングアプリで元恋人と再会した。

胸の辺りが大きく開いた服。

二月になりまだまだ低い気温だというのに、二つの膨らみをさらけ出した大胆なお姉さんが、駅の柱にもたれて両手に息をかけ暖を取っている。

誰かを待っているんだろう、一〇秒に一度くらいスマホを確認していた。

それがあまりにも頻繁なことからして、時間ではなく誰かからの連絡を気にしているんだと思われる。

しばらくするとお姉さんの待ち人がやってきた。

現れたのはウルフカットで少しチャラめのお兄さん。

ただ、普通の待ち合わせとは少し違う気がした。

お兄さんはスマホで何かを確認してから、次にお姉さんの容姿を確認するように足から頭までを見て、ようやく声をかける。

「コネクトのカエデさんですか？」

「あ、はい。はじめまして」

「あっ、はじめまして、タクヤです」

二人はぎこちなく挨拶を交わしてから、駅の外へ歩いていく。

まだ初対面だというのに二人の距離が近く感じるのは、きっと会うまでにメッセージや通話で交流を深めていたからだろう。

会う前からプロフィールで確認し、メッセージを重ねることでお互いを知っていき、いざ会ってみようとこうして約束する。

あの二人はマッチングアプリを使って出会ったんだと、会話を聞いてすぐにわかった。

それは、お兄さんの言ったコネクトという言葉からだ。

コネクトは今最も有名なマッチングアプリで、動画サイトの広告やテレビのCMなど、沢山の場所で見る。

こうは言っているが、俺はコネクトの存在を知らなかった。

知ったのはつい最近、友達に勧められてようやくのことだった。

今ではどんどん需要が高まって、出会い方の主流ともなってきているらしく、俺もインストールしてみた。

そして、今こうして駅でお姉さんの待っている姿を眺めていたのは、決してお姉さんの胸に釘付《くぎづ》けだったからではない。……違う。

俺も今、人を待っている。

相手はコネクトで知り合った女の子。

色んなやりとりをして、お互いのことを知っていくうちに、何から何まで相性が良くて、会うことになった。

約束の時間よりも少し早く来てしまって、相手が来るまでの間に緊張が膨らむ。

視線はどこに向けていたらいいか、手は寒いからポケットに入れているが印象悪く見えるから出していた方がいいか、服に糸くずとか付いてないか、沢山気にすることが出てくる。

そもそも女の子とのデートなんて一年ぶりくらいだ。

相手が初対面じゃなくても緊張する。

緊張して変なことを言わないように、気を引き締めていかないと。

スマホの通知が鳴って確認すると、相手の女性からのメッセージだった。

『今電車降りました！　駅のセボン行きますね！』

約束は地元でもよく使われている待ち合わせスポットである三ノ宮《さんのみや》駅前のセボンイレボン。

もうすぐ、約束した女の子が来る。

そう考えるともっと緊張して、寒いはずなのに汗をかいていないか心配になる。

さっきまでは傍観者だったのに、今では当事者。

誰かがはじめましての挨拶をする俺たちを見て、ああの人たちマッチングアプリで出会った人たちか、と思うかもしれない。

そわそわしながら、改札から出てくる人たちに目を向ける。

流石《さすが》は兵庫県内でも一番の乗降客数の多い駅だ。

聞いていた服装の女の子が見つからない。

スマホを確認してから、ちょうど視線を上げたタイミングだった。

「カケルさんお待たせしました〜っ、アカリで……す……」

アカリさん。それは俺がコネクトでマッチングして、今日ここで約束していた人の名前だ。

なのに――。

「「な、なんで……」」

「なんでお前が……」「なんでアンタが……」

初めて会うはずの相手だ。でも、俺の前にいるのは初めてどころか母親の次に多く接してきた異性。

「なんでお前がここにいるんだよ!!」「なんでアンタがここにいるのよ!!」

約束した三ノ宮駅中央口前のセボンイレボンには俺の元恋人、高宮《たかみや》光《ひかり》がいた。

俺はこの日、――マッチングアプリで元恋人と再会した。

一話　マッチングアプリは意外とみんなやっている。

大学二年の冬、二月。大学生活といえば、人生の夏休みとも言われる青春真《ま》っ只中《ただなか》の期間で、青春とはなにかと問うた時、大多数の人はそれを恋愛と結びつけるのではないだろうか。

そこまで恋愛脳ではない俺でも、青春とはなんだと問われればそれは学生時代にしか味わえない体験の数々、部活、学園祭、アルバイト、その中でも強くイメージするのは恋愛だ。俺にも、恋愛の経験がある。

出会いは高校の入学式、同じクラスになった女の子の高宮《たかみや》光《ひかり》。

席が隣ということもあって、俺たちは関わることが多かった。

相性が良かったんだろう、すぐに仲良くなって、毎日学校で話して、それでも足りず、家に帰ってからはＬＩＮＥで話し、時には通話もして、更には休日に二人で出かけることもあった。

そんな俺たちを見て、クラスメイトの思春期少年少女たちが黙っているわけもなく、あいつらいつ付き合うんだよと、俺たちに聞こえるように話すようになった。

そんな状態で迎えた文化祭。

俺たちのクラスでは世の中の文化祭で何度も擦《こす》られすぎて、もはや擦るものなどもう何もない「ロミオとジュリエット」の劇をすることになる。

配役はクラスメイト全員参加の投票。

クラスメイトは皆で団結し、俺をロミオ、光をジュリエットに仕立て上げた。

劇の練習で接点が更に増えたうえに、練習が終われば必ずクラスメイトは俺と光を残して先に帰っていく。

ああ、もうわかったよ。

そんなやけくそな気持ちを表面に張り付けて、でも本心ではずっとこうしたかったと、思いを伝えることにする。

決行は文化祭が終わって、帰り道。

「高宮……」

「なに……？」

学校から駅までの道にある公園。

文化祭の練習のあとは、いつも二人でこのベンチに座って自動販売機で買った炭酸ジュースを飲む。

でも、それもこの日が最後になる。……かもしれない。

失敗すれば、これまでの関係ではいられなくなるだろう。

成功しても、これまでと同じ関係とはいかない。だがそれはポジティブな意味で、だ。

どうせなら、良い方向に関係を変えたい。

「……付き合うか？」

と意気込んだわりに人生初の告白は疑問形。俺が自分の情けなさに失望してしまったように、光も失望してしまわないかと少し不安になった。が……、

「……そうする？」

まさかの疑問に疑問で返す形で、俺たちは始まった。

俺たちの関係は順調だった。

誰が見ても仲良しカップルで、喧嘩《けんか》は頻繁にしていたが、それも含めて仲良しだと、周囲にも認識されていたし、俺も結局はいつも仲直りするから、そんなに気にしていなかったんだと思う。

でも、始まりがあれば終わりだってくる。

俺と光は高校一年の一一月から大学一年の二月まで、約三年と三か月の付き合いを経て、

――別れた。

「じゃあ翔《しょう》ちゃんはその元カノとやり直したいんだ？」

白黒灰のモノトーンな店内と美味《おい》しいコーヒーが人気のカフェ。濡《ぬ》れたトレイを拭きながら、友人の一ノ瀬《いちのせ》縁司《えんじ》が言った。

「……別に未練なんてねぇよ！」

「ふーん」

なにか言いたげな縁司の表情。なにかを見透かされているように思って、思わず目を逸《そ》らした。

「翔ちゃんって普段クールなのに、元カノのことになると感情的になるよね」

「はっ、は？　そんなことない」

「ほら、焦ってる」

縁司はしたり顔をしながら注文の入ったホットコーヒーをトレイに載せた。

まるで心を読まれているような感覚。メンタリストめ。

「翔ちゃん知ってる？　復縁の確率って二〇パーセントもないらしいよ」

「……そう、なんだな」

本当は、知っていた。

あの日から、アイツを忘れた日なんてなかった。

何回も考えたし、復縁方法やら確率やらは数えきれないくらい調べた。でも、もう一年も会っていない。今更どうやったって——。

「新しい恋探しなよ。時間が経《た》っても忘れられないなら、新しい『好き』で上書きしちゃえばいいんだからさ」

「……」

「マッチングアプリとかおすすめだよ。可愛《かわい》い子多いし、昔ほど偏見もないからね」

「マッチングアプリか……、それで忘れられんのかな……」

「ほら、未練あるんじゃん」

「あっ、いや、ちがっ」

縁司はさっき以上のしたり顔で、逃げるようにトレイに載せたコーヒーを持ってホールへと歩いて行った。

「くそ、あいつ引っかけやがったな……」

カフェでのアルバイトも終わり、縁司とカウンター席に腰かけていた。

縁司が勧めてきたマッチングアプリをインストールしてみる。

アプリ名は、コネクト。

今あるマッチングアプリで一番の会員数を誇っていて、特に大学生が多く利用している、らしい。

仕組みは簡単、沢山いる女性の中から、プロフィールを見て気になれば、その女性に「いいね」を送る。

そうすると相手に自分のプロフィールが表示されて、「いいね」を返してもらえればマッチングが成立となる。

マッチングが成立しなければ、メッセージを送ることもできない。

「この仕組みだと、マッチングした時点で相手もある程度自分に好印象を持っているってことがわかるからいいよね」

送れる「いいね」には限りがあり、目につく全員に「いいね」を送ることはできない。

そうすることで手あたり次第に「いいね」を送らないように仕向けているんだろう。

「おい、これ金かかんのかよ」

決められた数の「いいね」を送ったり、相手のプロフィールを見ることは無料でできる。

でも、メッセージを開封、送信するには月額料金が発生するみたいだ。

月額四〇〇〇円。大学生の財布には少し痛い出費だ。

「こうすることで冷やかしの人がいなくなるから、真面目に出会いを探すなら有料アプリの方がいいよ。無料のアプリで探してみる？　無料だと女の子の方も結構怪しい子ばっかりだけど」

正直そこまで恋愛を求めてるわけではない。ただ、光を忘れられるならって思っただけだ。

「いいや、このコネクトってやつにするよ」

「へえ、意外だね？」

無料だったら、きっとなにか言い訳をしてやめてしまう。

だから、逃げられないようにお金をかけてしまえばいい。

「さっさと前に進まないとだからな」

「ははっ、偶《たま》にそういうかっこいいこと言うの面白いよね」

「笑うなっ!!」

コネクトをインストールしてまず初めにすることは、プロフィール作成だった。

身長や体重などの基本的な情報、趣味を一目で判断できる趣味タグというのもあった。

これで共通の趣味があれば一目でわかる、という仕組みらしい。

そして、後は何といってもこれだろう。

「コネクトがマッチングアプリ業界で一番の会員数を誇っているのは、この性格診断テストがあるからだろうね。女の子っていうのは心理テストが大好きだから、これを目的にインストールする子だっているらしいよ」

性格診断と言ってもどうせ誰にでも当てはまるような共感できる結果を出す、バーナム効果を利用した胡散臭《うさんくさ》い心理テストだと思っていた。

「なんだこれ、百個も質問に答えないといけないのかよ」

「それがより詳しく自分を知り、知ってもらう方法なんだよ。むしろ二、三の質問で理解できるとか言われても信用できないでしょ？」

「それもそうか」

俺は黙々と百個の質問に答え始めた。途中質問を読んでいる俺に横からあーだこーだと言い邪魔をしてくる縁司を完全に無視し、一〇分ほどで性格診断が終わる。

もっと時間が掛かると思っていたが、質問一つに五秒以内に答えなければいけないというルールがあったおかげだ。

おそらくは直感で選んだ答えでないとその人間の本心ではない可能性があるからだろう。

「なになに〜、心配性で協調性皆無だって!!　あっはは、当たってる!!」

「う、うるせぇよ！」

俺の診断結果を見て爆笑する縁司。

いくつかの性格を表すタグが表示されていて、性格や価値観の合う相手を優先的に表示してくれるみたいだ。

「でもこれ、この一途《いちず》って性格タグ。これはいいね。女の子に高評価だと思うよ」

「そうなのか」

「特に他の性格タグがダメダメすぎて、ギャップが生まれてるよね。女の子ってギャップに弱いからさ。ほら、ヤンキーが捨て猫に餌あげてると普通の人があげてる時よりも優しく見えるでしょ、あれ」

「お前バカにしてんだろ」

「あはっ☆」

プロフィールを作っていくうえで最も大事なのが、写真。

「写真はなんか恥ずかしいな。そもそも俺写真撮らねぇんだよな」

「じゃあ今撮ろっ、はいチーズ！」

縁司がインカメラで撮った一枚、不意打ち過ぎて俺は目が開いてないし、そのくせ口は開いている無様な有様だった。

「あははっ、面白い顔〜！」

「ごめんごめん、でも写真は登録することをオススメするけどね。するのとしないのとじゃあマッチング数に天と地ほどの差が出るよ」

「お前なぁ!!」

ネットに顔を出すのは苦手だった。唯一、そんなことをしたことがあったのは、光と撮ったツーショットだけだった。

あの時は初めて撮ったツーショットが嬉《うれ》しくて、LINEのアイコンにしていた。今思えばあの時の俺はなんてイタイことをしていたんだろう。

アイツとは結局別れて、別れた後までツーショットをアイコンに設定しておくなんてできるわけないからと探し回って、ようやくカメラロールから見つけたのは光と通っていたカフェ、そこのオムライスの写真だった。

当時の俺のLINEを見ていた奴《やつ》らは、「ああ、あいつら別れたんだな」と察したことだろう。なんと無様な。

「あーでも写真はやめとくよ。気が向いたら載せる」

「ふーん、本当に全然マッチングしないよ?」

「ああ、いいんだ」

プロフィールは基本情報、趣味タグ、性格タグ、写真を乗り越えて、ようやく完成した。

写真を一枚も登録しないまま次には進めない。ひとまず光と食べたオムライスの写真を登録しておく。

「そのオムライス、LINEのアイコンにもしてるよね。どこの？」

「三ノ宮《さんのみや》駅前の森みたいなカフェの。シンプルなんだけど、これがいいんだ」

「あそこか〜、いいよね。僕も今度行ってみようかな。でも珍しいよね、翔ちゃんがそんなお洒落《しゃれ》なカフェに一人で行くの」

「なんでボッチカフェだと決めつけんだよ」

「だって翔ちゃん不愛想だし友達も彼女もいな……あ、そういうことか」

「なにに納得したんだよ」

ニヤつく縁司の顔に腹が立つ。こいつなんでこんなに俺のことバカにすんだよ。

「友達は僕がいるよね、僕だけ！」

「ああもううるせぇなぁ!!」

「このオムライス、例の元カノと食べたんでしょ？」

ニヤついたまま察しの良いことを聞いてくる。コイツは本当にめんどくさいヤツだ。

「だったらなんだよ」

「本当、一途だね。健気《けなげ》で可愛いよ」

「気持ちわりぃ」

バイト終わりのカフェを出て、俺たちは住んでいるアパートを目指す。

縁司と仲良くなったのは、バイト先で出会い、そして同じ大学だと知り、更には同じアパートに住んでいたことからだった。

なんだよそれ、ラブコメかよ。なんでコイツとなんだよ。

「さあ、帰るまでに早速『いいね』送ってみようよ」

なんで俺より縁司がノリ気なのかはおいておいて、とりあえず「いいね」を送らないことには始まらない。

「オススメから選んでみるか……」

性格診断の結果から、コネクトのシステムが自動的に相性の良い相手を導き出してくれる。

「うわ、凄《すご》い。相性九八パーセントだって!!」

「なに、凄いの？」

「凄いなんて話じゃないよ⁉　九〇超えるだけで凄くレアなんだから!!」

相性九八パーセントの相手は、アカリというユーザーネームだった。

「でもこの子と俺の趣味タグも性格タグも全然一致してないぞ」

「趣味タグは話すキッカケなんかを作るためのものだから、相性には影響しないんだ。性格だって、同じ性格の人同士が相性良いとは限らないでしょ？　ほら、僕らなんて正反対だけど仲良しじゃん？」

なんでそんな恥ずかしいことさらっと言えるんだコイツ。

「確かにそうだな、縁司が縁司みたいな女と付き合ってるところを想像できない。犬と犬、みたいな感じだ。騒がしい」

「翔ちゃんは猫って感じだよね、猫系男子！　にゃお〜ん」

横でにゃおにゃお言ってる縁司をスルーして、せっかくだし相性が良いアカリという女の子に「いいね」を送ってみた。

相性が良かったというのもあるが、それよりも登録している写真が気になった。

「あれ、この子の写真って……」

アカリさんのプロフィールに登録されていた写真は、本人の写真ではなかった。

俺の登録したオムライスの写真と同じカフェ、それも同じオムライスの写真だった。

「翔ちゃんと同じじゃん！　写真まで相性良さそうだね」

「だな」

それからアパートに着くまで歩いて、一〇分くらい経《た》ったころだ。

　スマホが鳴り、確認した画面には、「アカリさんとマッチングしました」というコネクトからの通知が表示されていた。

　マッチングアプリにおいて重要な要素の一つである一通目のメッセージ。

　アプリ内には予《あらかじ》め用意されている定型文があった。「初めまして、よろしくお願いします。」という当たり障りのない一文。

　これなら間違いなく嫌われることはないが、この定型文を利用するのは避けるべきだと縁司が言っていた。

　マッチングアプリにおいて女の子には数えきれないほど多くの男から「いいね」が来る。そしてその分アプリ内でやりとりする相手は増えるはずだ。

　相手の女の子がその全てに返事をするとは限らない。その場合、返事をする優先順位はどう決まるのか……。

「返事のしやすさ、一通目のユニークさ、そして最も重要なのは、常識ある人間かどうか。だよ」

「なんでお前俺の部屋にいるんだよ」

　アパートに着くとそのまま流れるように俺の部屋に上がり込んできた縁司が、自信満々に答える。

「まあまあ落ち着いて。せっかく写真なしでもマッチできたんでしょ、翔ちゃんが不愛想なメッセージで台無しにしないように僕が見てあげるからさ」

「俺が無能みたいな言い方はやめろ」

そして、俺が縁司からのアドバイスを考慮して送った一通目はこうだ。

『初めまして、カケルです。相性九八パーセントだし、オムライスも同じだし、相性良すぎませんか？　運命？』

「翔ちゃんらしくない、少しチャラい文章が出来上がったね」

確かに、送信してから俺自身も思った。少しチャラいか、と。

でも、男は少しチャラいくらいが一番モテると俺は知っている。縁司がまさにそうだ。

冗談を織り交ぜることで、堅苦しさを少しでも消しておきたかったというのもある。

「ユーザーネーム、カケルにしたんだ。翔の読み方を変えたんだね」

「写真もそうだけど、名前もなんか抵抗あんだよな」

「まあいいと思うけど、身長とかは盛りすぎない方がいいよ」

「盛るほどチビじゃねぇよ」

そうこう言い合ってるうちに、スマホが鳴る。コネクトからの通知だ。

「来たね、アカリちゃんからだよ」

スマホのロックを解除して、コネクトを起動する。

俺の送ったチャラい一通目に、アカリさんからの返事が来ている。

『初めまして、アカリです。始めたばかりですけど、相性九八パーセントが凄いってことはわかります（笑）』

「出だし順調じゃん、やったね」

「お、おう」

どうやらこれは順調らしい。

そもそも女子とやりとりをすることが久しぶりだから、どうなると順調なのかはよくわからなくなってしまっている。

でも、久しぶりなわりには、俺たちの会話は盛り上がった。

『カフェでバイトしてます。コーヒーが美味《おい》しいんで、学校の課題とかはバイト終わってからそこでしたりして。アカリさんは？』

『えっ！　私もカフェでバイトしてます！　スタベです！　スターベックス！　そこまで一緒だなんて凄いですね（笑）』

『流石《さすが》九八パーセント（笑）』

結局、縁司が心配する必要がないと判断するくらいには順調に、俺たちの仲は深まっていった。

『最後に彼女がいたのっていつなんですか？』

『ちょうど今から一年前くらいですよ。アカリさんは？』

『私もそれくらいです!!　そこまで一緒だなんて（笑）』

なんて返そうか考えていたら、続けてアカリさんからメッセージが届く。

『どうして別れちゃったんですか？』

どうして。原因なんてものは大したことはなかったはずだ。

でも、あの時強情な態度をとってしまったことで、取返しがつかなくなってしまった。

今更、謝るなんてできない。

それは光だって同じはず。そもそも別れて一年も経つんだから、やり直したいなんて思ってないだろうけど。

一度言ってしまえば、愚痴のように全てを出してしまいそうだった。そんなことをすれば、きっとアカリさんを引かせてしまう。

それとなく濁すことを選んだ。

『方向性の違いで……』

『バンドかっ!!（笑）』

他にも沢山メッセージを交わした。

好きなアーティストの話。

『俺は邦ロックが多いです。今だとサビシードッグとかハマってますね』

『サビシードッグいいですよね！　私はバッグナンバーかな〜』

映画の話や――、

『もうすぐ公開される映画が観《み》たいんですよね』

『あ、実は俺もです』

『一緒のやつかもですね！』

『確かタイトルは……』

『『お花畑みたいな恋をした!!』』

『『(笑)』』

好きなカフェの話。

『ここのオムライス、本当に美味しいですよね。それに店内がお洒落！　私大好きで、よく行ってます』

『俺もこの店大好きで通ってました。でも最近行けてなくて……』

『実は私も……』

どんどん仲は深まって、顔が見えない相手だからこそ、普段言わないようなことも言える。

『カケルさんと話すの楽しいです』

『俺も、アカリさんと話してると楽しいです』

『よかったら……』『じゃあ……』

数日間のやりとり。

そして金曜日の夜、俺たちの関係は加速する。

『『明日、一緒に行きませんか？』』

『『あ、同時（笑）』』

同時に誘ったことに、お互いが同時に反応し、画面の向こう側でも、まだ顔も知らないはずなのに、アカリさんが笑っている顔が浮かんだ。

『じゃあ明日、カフェと映画……行きますか』

『行きましょう！』

＊

アカリさんとのデート当日。

お互いに顔も知らないまま会うのは、縁司が言うにはかなりレアらしい。

マッチングアプリは男性会員の方が多く、少ない女の子を男が取り合うような形になっているみたいだ。

そんな中顔写真も登録していない男は、もちろん人気などなく、会えること自体がほとんどない。

女の子は顔写真を登録していない相手だと、恐怖を感じるんだ。

怪しい人だったら。でも、偶然同じオムライスの写真があったからなんとかそう思われることは免れた。

相性の良さ、顔写真の代わりに登録されたオムライスの写真、そして会話の弾みの良さ。

俺も正直、驚いていた。

こんなに話していて高揚してしまうのは、光以来だったから。

まるで、光と話しているかのように感じた。

光と出会った時と、同じ感覚。同じ感情。

──「藤ケ谷《ふじがや》くんって、好きな人とかいるの……？」

光の声が脳内で再生される。まだあの時は苗字《みようじ》で呼ばれていたな。

猫を被《かぶ》って、女の子らしい声音で、呼ばれていた。

――「翔！　これ食べてみてよ！　美味しいから！」

名前を呼ぶようになってからは、どんどん素を見せてくれた。

食べる量が凄《すご》いことも、徐々に明らかになっていった。光は、それを恥ずかしがっていたけど、俺はそういうところが可愛《かわい》いと感じていた。でも喧嘩《けんか》になって、思ってもないことを言ってしまった。

――「光のそういう食いしん坊なところが女らしくないって言ってるんだ！」

とにかくよく食べて、好物はオムライス。そのくせ自分で料理はできない。

何度か作ってくれたお弁当も、正直ゲテモノという表現が合う、酷《ひど》い味だった。でも、あの時の俺は、そのお弁当も喜んで食べていた。

「って、光のこと完全に忘れるためにマッチングアプリ始めたってのに、未練ありまくりだな俺……」

駅の中にあるコンビニ。その壁に背を預けて、アカリさんを待つ。

どうしてか、アカリさんと話していると、光のことを思い出してしまう。

それはきっと、俺が光に向けていた感情を、アカリさんにも少しは向け始めたからだと思う。

早く新しい恋を見つけて、光のことは忘れてしまえばいい。

早く、光以外の誰かを好きになってしまえばいい。

コネクトからの「アカリさんからのメッセージです」という通知を開きながら、そんなことを考える。

今日の待ち合わせ場所は三ノ宮駅、セボンイレボン前。

三ノ宮駅のセボンイレボンは二店舗ある。中央口と東口。この二店舗は徒歩一分もかからない、非常に近い距離に位置している。

二店舗とも、改札を出てすぐの場所にあることから、待ち合わせ場所として使われることが多い。ただし、近くにもう一店舗同じセボンイレボンがあることによって、これまで多くの人たちがすれ違いを起こしてきたはずだ。

光と初めて三ノ宮駅で待ち合わせた時も、そうだった。

――『東口の方にいるよ』

――『え、普通中央口じゃないの』

――『私は東口が普通だと思ってた（笑）ごめん、じゃあ中央口行くね！』

――『ありがとう（笑）』

あの日から、俺たちが三ノ宮駅で待ち合わせする時は、決まって中央口のセボンイレボン前だった。

　そういえば今日の待ち合わせ場所は、中央口なのか、それとも東口なのか、確認を忘れていた。

『セボンイレボン、二店舗あるんですけど、中央口か東口、どっちに行きます？』

　アカリさんからのメッセージには、今ちょうど俺が考えていたことと同じことが書かれていて、相性の良さとはこういう瞬間の積み重ねなのだろうと感じた。

『じゃあ、中央口でお願いします』

『やっぱり普通中央口ですよね！』

　アカリさんは俺と同じで、中央口が普通だと言う。光とは、違う。

　約束の時間より少し早めに到着してしまって、そわそわしながらアカリさんを待つ。

　想定していたよりずっと、緊張する。

　それもそうだ。たった数日だが、メッセージだけでやりとりをした相手と会うんだ。

　それも、ただ会うだけじゃない。

　今日は二人がお気に入りのカフェでオムライスを食べて、その後に二人とも観たいと思っていた映画を観る。夕食をどうするかは決めていないが、多分一緒に食べるんだろう。

　カフェは予約したし、映画のチケットも取った。

ファッションは縁司にも褒められたし、靴だって綺麗《きれい》だし、髪も爪も整えて清潔感はばっちり。

口臭とか大丈夫だろうか、まだ二十歳《はたち》だし気にすることでもないか……？

手を器のようにして息を吐き、口臭を確認していると、コネクトから通知が来る。

もはやマッチングしているのはアカリさんだけだから、当たり前にアカリさんとのトークを開いた。

『今電車降りました！　駅のセボン行きますね！』

俺たちはお互いの顔を知らない。

なにか話しかけるまえに、見た目の特徴を聞いておかなければ。

『ベージュのロングコート羽織ってます。アカリさんは？』

『あ、私もベージュです！　ボアジャケット着てます！』

『ベージュ、お揃《そろ》いですね（笑）』

『ねっ（笑）』

緊張もあるが、やっぱり楽しみが大きかった。

どんな人が来るだろうという期待が、ソシャゲのガチャのような感覚に似ている。

特にアカリさんの顔写真を見ていない分、期待してしまうんだろう。

そろそろ来るころだろうかと、スマホから顔を上げた時だった。

「カケルさんお待たせしました～っ、アカリで……す……」

スマホから正面に移った視界には、数日間やりとりしたアカリさんがいる。……と、思っていた。そのはずだった。

直前の台詞《せりふ》から、間違いなく今俺の目の前にいる女の子は、アカリさんだろう。なのにどうして……。

「「な、なんで……」」

現実か夢か、それすらも怪しい。

「なんでお前が……」「なんでアンタが……」

初めて会う相手だったはずだ。でも、俺の前にいる女の子は、初めてどころか母親の次に多く接した異性。

「なんでお前がここにいるんだよ!!」「なんでアンタがここにいるのよ!!」

約束した三ノ宮駅中央口前のセボンイレボンには俺の元恋人、高宮光がいた。

俺は、――マッチングアプリで元恋人に再会した。

二話　会ってみたら印象と違ったなんてことザラにある。

「まず、状況を整理しよう」

「賛成……」

　俺たちは、名前を偽ってマッチングアプリを始めた。

　相性が九八パーセントで、登録している写真が同じ店のオムライスだったことから意気投合し、デートをすることになった。

　カフェは予約して、お互いが興味を持った映画のチケットも取り、準備は完璧だった。

　そしてデート当日、今日は雨だと予報が出ていた。

　縁司《えんじ》から教わった、マッチングアプリで二回目のデートに繋《つな》げるテクニックである『なんでもいいから物を借りる』というのを傘で行うために、雨だと知りながら傘を持ってこなかった。

　天気は予報通りの雨。

　待ち合わせ場所の三ノ宮《さんのみや》駅から、目的地のカフェまでは徒歩五分。その間、俺は傘を借りるつもりだった。そして、邪魔だろうから持っておくという言い訳をして、さりげなく傘を預かり、そのまま……。

でも、そんな計画も相手がコイツ、元恋人の高宮光《たかみやひかり》なら実行できるわけがない。

「じゃあアンタがカケルさんだったってわけね……」

「そういうお前も、アカリさんだったのかよ……」

「偽名使うなんて、詐欺師じゃないの？」

「お前もだろ」

未練はない。

別れてからずっと、ただ忘れられなかっただけで。

このままだとお互いに元恋人だったということで、予定していたデートに行くことはなく、来たばかりの道を引き返すことになるだろう。

それでいいのだろうか。

それではまた、別れてからの一年を繰り返すことになるのではないか。

元恋人を忘れられない一年に。

また、ずっとモヤモヤした気分を味わい続けるのは心地が悪い。

だからといって、デートしよう。なんて言えるわけもない。

「じゃあ、俺行くから」

出たばかりの改札に、戻っていく。だが改札手前、足が止まる。

もしかして、光がまだ俺のことを好きだったり……。

考えすぎだとはわかっている。

別れて一年も経《た》つ相手をまだ好きでいることなんて普通あり得ない。

一瞬でもそう考えた俺はなんと愚かなんだろうか。気持ち悪い。

「はぁ……」

止まった足を再び動かして、改札に向かう。

「ちょっと、なにしてんのよ」

そんな俺を呼び止めたのは、背後からの声。

「なにって、帰るんだよ」

今日デートする予定だったのはコネクトで知り合ったアカリさん。

でも、実際に約束の場所にいたのは元恋人の光。

普通に考えれば、このまま普通にデートできるわけがない。

「カフェ、予約してくれてるんでしょ」

「してるけど……」

「じゃあ行かなきゃ迷惑でしょ」

「え、でも……」

別に行きたいわけではない。

でも、予約してしまっているのは事実だし、予約の時間までは残り一五分ほど。

今からキャンセルすればお店に迷惑がかかってしまうし、なによりあの店のオムライスが久しぶりに食べたい。だから――、

「そうだな、迷惑だもんな。行くか」

先に駅の外に向かって歩き出した光の背を追って、ゆっくり歩き始める。

「ほら、早くしなさいよ」

「……わかってるよ」

ゆっくりだった歩調から駆け足に変わって傘も差さずに光を追いかける。そもそも傘がない俺だが、なぜか光も傘を差さないまま走って。

「おい、傘させよ。濡《ぬ》れるぞ」

「カフェまですぐだからいいの！　走った方が早い！　それに私雨避《よ》けれるから」

「そんなこと言うのは小学生男子くらいだと思ってたよ……」

カフェに着くころには二人ともずぶ濡れになっていた。

＊

「ん〜っ!! ほんっとにここのオムライスは最高!!」

自分が今街中にいることを忘れてしまう、木々に囲まれた森のようなカフェ。ソファ席に案内された俺たちは、二人揃ってオムライスを注文した。

正式名称は昭和オムライス。

イマドキ珍しい、ソースなどは使わずケチャップをかけたオムライス。

ケチャップもただのケチャップではないのだろう、酸味が消えていて食べやすい。

この素朴で飾らない味が好きなんだ。

「やっぱり美味《うま》いな……」

「アンタと同じ意見だなんて不満だけど、これぱっかりは同意するわ」

お前は何食べても美味《おい》しいって言うけどな。

「そういえば、料理は上達したのか？」

付き合っていたころ、まだ高校生だった時の話だ。

光は俺のために、お弁当を作ってきてくれることがあった。でも光の料理は……。

「はっ！ これ以上どこが上達するって言うの？ これ、昨日作った肉じゃがよ」

スマホの画面をこちらに向けて、おそらく肉じゃがであろうモノの写真を見せてくる。

だがそれは俺の知る肉じゃがではなく、全く別のナニカ。

「変わらないみたいだな……」

「そっ、変わらず料理上手なの」

「よく言えたな、お前の料理は料理じゃないんだよ」

「なっ⁉ し、失礼な奴《やつ》ね‼」

「じゃあ完食できたのか？」

「……」

「ほらな」

「うっさい！」

昔のような言い合い。当時はただただくだらないと思っていた口喧嘩《くちげんか》も、一年ぶりにしてみると懐かしくて――。

もう、することはないと思っていたから。

「ふ～！　ごちそうさまでした！　足りないけどダイエット中だし我慢我慢……」

そう言って物欲しそうにデザートメニューを見ている。おい、よだれを拭け。

別に光は太っているわけではない。むしろ女子の中では細い方だとは思う。

一年前からそうだ。光の口癖はダイエット。ただし、明日からという前提が付く。

「でもせっかく来たし……」

「明日から、か？」

「……なによ、なんか文句あるの？」

「別に。……変わらないな」

ムスッとしたかと思えば、デザートを店員さんに注文したころには抑えきれない微笑《ほほえ》みが漏れていた。

「アンタはデザート食べないの？　後で欲しくなって取らないでよね」

「取らねーよ！」

「あ、でも今はワッフルの気分……」

忙しいヤツだ。次から次へと食べ物を求める。

「駅前のワッフル屋行くか？」

「あら、偶《たま》には気が利くわね」

「ありがたき幸せ、女王様。じゃねぇよ」

デザートをキャンセルして、駅に向かうことにした。

店を出た時には雨は止《や》んでいて、濡れた髪も服も乾いていた。

太陽が出てきたわけではないけど、なんだか少し明るくなった気がして。

「アンタ、なにニヤついてんの……」

そして、大事そうにワッフルの入った袋を抱えた光が、一人で微笑む俺を蔑む。

「別になんでもねぇよ……」

光の両腕に抱えられた紙袋の中には、ワッフルが五つ入っていた。

「はい、アンタはこれよね」

五つの内の一つ、メープルのワッフルを俺に渡す。

「買ってたの、いつもメープルだったでしょ……」

「……覚えてたんだな」

「ん、まあ……」

メープルのワッフルを俺に渡し、残りが入った紙袋は再び大事そうに両腕に抱えた。

公園のベンチに座り、その紙袋から嬉《うれ》しそうにワッフルを取り出して頬張《ほおば》っている光。

……ん？

「ちょっと待て」

「なに？」

俺が見た時、紙袋には五つワッフルが入っていた。そして俺に一つくれた。

つまり、五引く一は……。

「お前、四つも食うのか」

「なによ、文句あるの？」

「文句っていうか、お前さっき昼メシ食ったばっかだろ……」

「仕方ないじゃない、お腹空《なかす》くんだもん」

「お前は大食いタレントかよ……」

「いいからこれ持ってて！」

「はいはい……」

そう言って俺に傘を預ける。俺はお前のアシスタントじゃない。

光はオムライスを食べた後とは思えないほどの勢いでワッフルを四つ、ペロリと平らげてしまった。恐ろしい。

この後は本来なら映画を観《み》る予定になっていた。でも、相手が元恋人だと知ってしまえば話は変わる。

「じゃあ、そろそろ……」

久しぶりに会えた。でも俺たちは、今はもうカップルではない。今は、元カップル。

これ以上一緒にいる理由はない。

光が立ち上がって、駅の方を向いた。このまま光を行かせてしまえば、きっともう会うことはないだろう。

それでいいじゃないか。

別に俺は光に未練があるわけじゃない。

あったとして、どうして俺から誘ってやらなきゃいけないんだ。

互いにこの後映画に行く予定だったのはわかっているはず。

それでもその話題を出さないのは、俺たちがカケルでもアカリでもない、お互いを知り尽くしている元恋人同士だから。

改札の前で光を見送る。

「じゃあね」

そう言った光は最初とは違って、一度俺の方を振り返った。でもその視線は俺の目ではなく、少し低い、手元辺りを見ていた。

「おう」

今、呼び止めれば。

まだ今の俺のモヤモヤを晴らすチャンスがあるのかもしれない。なのに、俺は結局何も言えずに光が見えなくなるまで改札の前に立ち尽くしていた。

「はぁ……」

なんだ、このため息は。

これじゃあまるで俺が光との再会に心を躍らせて、アカリさんとしてではなく光として一緒に映画を観たかったのに誘えなかった、とでも解釈できそうなため息ではないか。

そんなつもりは全くない。

俺はただ、どうしても映画が観たかっただけ。それは光と、という意味ではない。

その気持ちを証明するように、俺は光と別れたその足で映画館に向かった。もちろん、一人でだ。

映画のタイトルは「お花畑みたいな恋をした」。

二人の男女が出会い、恋に落ち、そして別れる。

なんの変哲もないただの恋愛のお話。

作られた物語にしてはリアルすぎる。でもそれが、より一層共感できると話題になった。

ネットやSNSでは既にこの物語は有名になっていて、今映画に行くならこれ以外にはない、とも言われている。

ユーチューブやインスタグラムを見ても誰かがこの映画の話をしているから、俺はネタバレを見てしまわないように避けてきた。

だから知らなかった。
その二人の男女が、別れてから再会するという、まるで俺と光のような展開になること
も……。
映画館はカップルでいっぱいだった。
今はもうカップルではないどころか、険悪ムードな元カップルである光と観に来なくて
よかったとホッとする。
内容が内容だけに、気まずさがある。
男女の出会いから始まり、一度の別れを経て、再会して。
まるで、俺と光の恋愛を映画にしたような。
再会したあの二人には新しい恋人が既にいて、また二人の関係が再開することはなかっ
た。
でも、俺たちは違う。
俺はもちろん、光だってマッチングアプリをやっているんだ、恋人はいないだろう。
だからどうというわけではないが……。
結局映画には満足できたが、なにか悶々《もんもん》とした気持ちが残り、スッキリしない状態で帰
路に就く。

一枚余ってしまったチケット。捨ててしまえばいいのに、それを財布の中にしまった。

余韻というか、反省というか、単純に家の最寄り駅から出るバスが少ないということもあり、歩いて帰ることにする。

暗い夜道を歩いていると、過去に同じ道を光と通った時のことを思い出して、光とのLINEを開く。

コネクト内ではやりとりしていたが、LINEはもう一年ほどしていない。別れたあの日からだ。

「あれ、翔《しょう》ちゃん？」

スマホから顔を上げた。

考え事ばかりしていて気付かなかったが、もうそこはアパートのすぐそばだった。

「おう、縁司」

「今帰り？　まだ一九時だけど、結構早い解散だったんだね」

「まあな」

「それより翔ちゃん」

「ん？」

「そんなに可愛《かわい》い傘、いつ買ったの？」

指摘されて、初めて気付く。

俺の左手には、光の傘が握られていた。公園でワッフルを食べた時に預かって、そのまま……。

俺が持っていると違和感しかない薄いベージュの傘。持ち手が細い、革のもの。

縁司には、二回目のデートに繋《つな》げるテクニックとして相手の女の子から物を借りろと教わった。

相手が光だった時点でそんな計算は全部飛んでしまったが、無意識にやっていた。

これは、昔から光が使っていた傘だ。

「あ、それが借りた物なんだね。翔ちゃんやるね〜。それビニール傘でもないし、多分大切にしてるやつじゃない？」

……大切にしているのか。

この傘には、ちょっとした思い出があった。

ニヤつく縁司の横を通り抜けて、さっきまでの重い足取りとは打って変わった、一段飛ばしを織り交ぜた軽いステップでアパートの階段を駆け上がる。

「ちょっと翔ちゃん！　今日のこと教えてよ！」

エレベーターも使わずに駆け上がりながら、約一年ぶりにＬＩＮＥを送った。

『ごめん、傘』
『うわ、最悪』
傘をキッカケに、俺たちはもう一度会う約束をした。

三話　マッチングアプリには恋愛以外の目的の人だっている。

授業が始まる前の少しざわついた教室に入る。

季節は冬、外は冷える。室内では少し暑く感じる黒のダウンジャケットを椅子の背もたれに掛けた。

先生が来るまでまだ時間があり、なんとなくコネクトを開いた。

光《ひかり》とは知らずに仲良く話しているアカリさんとのトーク。改めて読み返すと恥ずかしくなる。だって、アカリさんの正体は光だったんだ。

なんだよ『話してるとどんどんアカリさん素敵だなーって思います』って。なんで俺こんなこと送っちゃったんだよ。確かに会話が盛り上がった時に自分自身で演じた愚行だということは憶《おぼ》えてるけど。

でも、その俺の恥ずかしい告白紛《まが》いなセリフに対しての光の返しが『私もです。まだ会ってもないのにカケルさんのこと気になってます』だって。これはアイツ、もっと恥ずかしいだろ。

一人でそんなことを考えながらニヤついていたら、隣の席に座っていた女子がこちらを見つめていたことに気付く。

そりゃあ変だよな、見ちゃうよな。スマホ見てニヤついてんだもんな。

アカリさんとのトークを閉じて、なんとなくトップページを開いた。

トップページにはアプリ側からのオススメの異性が表示されている。縁司《えんじ》が言うには人気な女の子ほどトップページの見やすい上部に表示されるらしい。

なら、この一番上に表示されている子は相当人気があるんだろう。

確かに、芸能人と言われても違和感のないくらいの美女だった。タイプで言えば小顔で有名なアイドル、齋藤飛鳥《さいとうあすか》みたいな雰囲気の女の子。名前は、ココロさん。

不思議なことにココロさんの写真を見た時、妙な既視感を覚えた。

アイドルに似ているから既視感を覚えるのも当然、そうも思った。でも、そうじゃないと確信するのはすぐだった。

試しに「いいね」を送ってみた。縁司に「いいね」は沢山送れと言われていたし。

すると、さっき俺を怪しそうに見ていた女の子のスマホが鳴った。

タイミングよく鳴ったな、としか思わなかったが、その女の子の顔が見えて――。

「え……」

思わず声が出た。

　隣に座っていたのは、俺がたった今「いいね」を送った齋藤飛鳥似の美女だったのだ。

「もしかして、ココロさんですか？」

　いきなり話しかけたらきっと驚かせるだろうし、俺はコネクトに顔写真を載せていない。オムライスだ。顔がオムライスなわけではない。

　つまりココロさんからすれば知らない男から突然話しかけられたということになる。

　可愛いし、きっとナンパは頻繁にされているだろう。

　俺は偶然隣にコネクトで見かけた人がいたから感動して声をかけてしまったが、ナンパだと思われただろうな。なんか不服だ。

　声をかけて、一秒にも満たない一瞬でそう判断して、深く後悔した。

　いくら感動したからと言っても、いきなり声をかけるなんてしなければよかった。

　ココロさんも怖がってしまったのか、固まったまま動かない。

「すみません、いきなり声かけちゃって。コネクトでココロさんを見て、隣に同じ人がいたんで、ちょっと感動しちゃって」

　慣れない愛想笑いを混ぜながら言い訳をした。

「いや本当それだけなんで……すんません……」

　怖がらせてしまったようだし、もう引き下がろうと正面に向きなおった。

しばらくして、固まっていたココロさんはカタカタと震えながらスマホを触り始める。そんな震えかたをするくらい怖がらせてしまったのか、本当に申し訳ないことをしたなと思っていると、スマホが鳴る。次は俺のスマホだ。

通知はコネクトからだった。

『ココロさんとマッチングしました』という表示を見て驚き、ココロさんの方を見た。目が合って、すぐに逸《そ》らされる。黒の長髪がサラサラと流れて、一メートルほど離れた場所にいる俺の鼻に女の子らしい甘いふわふわした香りが届いた。

スマホをこちらに向けて、問うような視線を送ってくる。

画面にはオムライスの写真。おそらくだが、これはテメェか、と聞きたいのかもしれない。

俺は普段じゃ考えられないくらい機敏な動きで五回くらい高速で頷《うなず》き、肯定する。

『こんにちは、カケルさん。凄《すご》い偶然ですね(笑)』

怖がらせたわりに嫌われている感じのしない意外な雰囲気のメッセージだった。

すぐ隣にいるのにメッセージを送ってくる理由はわからないが、ココロさんがそうしているから合わせて俺もコネクトでメッセージを送ることにした。

『いきなり声かけてごめんなさい。同じ大学で、しかも隣の席に座ってる人だとは思わな

くて。思わず声かけちゃいました（笑）。怖がらせちゃいましたよね』

『いえ！　むしろ声かけてくれて嬉《うれ》しかったです。どんどん声かけてください』

どんどん声かけてくださいという変な言葉になんだか笑ってしまう。

ココロさんは俺が思っていた人物像とは少し違っていた。

別に嫌われているわけではなさそうだが、どうして直接ではなくわざわざコネクトでメッセージしてきたのか、気になった。

「あの、どうしてわざわざメッセージで？」

そう直接問いかけると、肩をビクンと弾ませ、楽しそうに微笑《ほほえ》んでいたココロさんの表情が一気に曇った。

「しゅ、しゅみません……」

「あ、いや、怒ってるわけじゃないですよ」

できるだけ明るく、口角を上げて、敵意はないと示すように心がけた。

「しゅ、しゅみません……」

それでもまだ、謝る。

さっきから噛《か》んで『す』が『しゅ』になっているのが凄く気になるな。

どうして、メッセージでは普通に話してくれるのに、直接になった途端しゅみません製造機になるのか。

考えているうちに先生が来て、授業が始まった。

授業中、ココロさんのことばかり考えて授業どころではなかった。これはもう恋なのでは？　と思うくらいには悩んだ。

そして、授業も終わったころには答えが出た。

次々と生徒たちが教室から出ていく中、最後までずっと固まったままのココロさんに、俺は声をかけた。

「ココロさんってもしかして、人見知りですか？」

これだけの美人が、彼氏ができないなんてことはないだろう。

マッチングアプリ内でも人気はあるし、きっと出会いなんて向こうから寄ってくる。

それでもこうしてマッチングアプリをしている理由がわからなかった。

授業に全く身が入らず、考えに考えた結果、普通に初対面が恥ずかしいだけなのではという結論に至る。

大学やアルバイト先などでの出会いであれば、人見知りを発揮してコミュニケーションがうまくいかないこともあるだろう。でも、マッチングアプリにおいて人見知りというコンプレックスがあったとしても、会うまではわからないものだ。

だからココロさんはマッチングアプリで出会いを探そうとしたのかもしれない。

「そ、そうでし……人見知りでし……」

でし、ってなんだよ。可愛《かわい》いな。

教室に俺とココロさんの二人だけになり、小さな物音もよく聞こえるほどには静かな空間になった。

そこに響いたのは、空腹を知らせる大きな音。

ぐうううと長々と響いた音に、真っ先に反応したのは目の前でお腹《なか》を抱えているココロさん。

耳や顔は真っ赤に染まっていて、誰のお腹から鳴ったのかは一目瞭然だった。

「あの、とりあえず昼ご飯食べた方がいいんじゃ……？」

「うぅ……、はい……」

顔を真っ赤にするココロさんが鞄《かばん》からなにかを出そうと手を突っ込むが、見当たらないようで首を傾《かし》げている。

偶然出会ったとはいえ、これ以上一緒にいると迷惑に思われるかもしれないし、俺も腹が減った。

ココロさんとは別れて食堂に向かおうとした。でも、そんな俺を助けを求めるように見つめてくるココロさんを置いていくわけにもいかず……。

「普段お弁当だけど、忘れちゃったとかですか？」

何も言わず、というか何も言えずただコクコクと頷く。

「食堂とか行かないんですか？」

「で、電子マネーしか持ってなくて……」

我慢しろとは言えない音が今もココロさんの腹から鳴っている。このまま放置なんてしたら罪悪感に苛《さいな》まれるだろう。

「よかったら俺奢《おご》るんで、食堂行きませんか？　午後も授業あるなら食べないわけにもいかないでしょ？」

「しょんな……!!　悪いです……」

「あんなに大きな音鳴ってるのに見過ごしたりできないですから」

「あわわわわっ……!!　はじゅかしぃです……」

俺はお腹の音を聞かれても全然平気だから気が回らなかった。そうだよな、女子はそういうの恥ずかしいんだよな。

うずくまりスマホで何かを打ち込んだココロさんから、メッセージが届いて。

『ありがとうございます。でも奢られるのは申し訳ないので、明日必ずお返しすると約束します……』

送信した後にこちらに深く頭を下げるココロさんに微笑んで、俺もコネクト越しに返事をした。

『わかりました。じゃあ行きましょうか』

俺の後ろ一メートルくらい距離を空けて歩くココロさんと、食堂に向かう。

その道中にスマホが鳴り、縁司からの『翔《しょう》ちゃんお昼一緒に食べよー！』というＬＩＮＥに『ごめん、今日は無理』と返信をして、賑《にぎ》わい、席の取り合いになっている食堂に着く。

「ココロさん、俺買ってくるんで席取っといてください」

「ひゃい……！　が、頑張りましゅ！」

両手で握り拳を作るココロさん。

そんなに気合い入れて席取るヤツいないし、多分席は取ってくれるだろう。

ココロさんを信じて、俺は食券を買うため券売機に並ぶ。

俺はカツカレー、ココロさんは「カケルさんとお、同じのでお願いしましゅ……！」という言葉を貰《もら》っているから、同じくカツカレーを注文。

どこの席を取っているかわからないから、辺りをぐるりと見回した。

混み合っているわりに一部誰も座っていない空間があった。だが、よく見れば中心に誰か一人女子生徒が座っているのが見えて。

「なんで誰もあの辺り座らないんだ……？」

ココロさんがどこにいるかわからず、とりあえずその空いた空間に向かって歩いていく。近づくにつれて徐々にその女子生徒がよく見えるようになり、ようやく気付いた。あれは、ココロさんだ。

「ココロさん、ここにいたんですね。ここ、凄い空いてますね。あ、これカツカレーです」

「か、カケルしゃん……！　あ、ありがとうごじゃいます……！」

ココロさんはカツカレーを宝物を見つけたように輝いた目で見ている。なにがそんなに凄いのか、これはただの食堂名物めちゃウマカツカレーだ。この大学の生徒なら知っているだろうし、食べたことがないというわけでもないと思うが。

そんなことより、なぜココロさんの周りだけ人がいないのかが気になった。

『俺が来るまでになんかあったんですか？』

周りに人がいて言いにくいことなのかもしれないのと、単純に極度の人見知りであるココロさんを気遣い、コネクトを通じてメッセージを送る。

『昔からこうなんです。多分人見知りで不愛想な私が、皆さんを怖がらせてしまっているんです。だからあまり食堂には来ないようにしていたんです』
文面を見て、納得できない部分があった。
カツカレーを見る目が異常だったことについてはわかった。ココロさんが人見知りなのもわかる。

でも、別に怖がるような人じゃない。目付きが悪いわけでもないし、私服やアクセサリー類が厳《いか》ついわけでもない。

見た目は清楚《せいそ》を擬人化したような雰囲気で、絡まりなど一切なさそうな綺麗な黒の長髪。服装は清潔感と可愛らしさのある白いブラウスと黒のスカート。ココロさんのスタイルの良さがよくわかる細いシルエットで似合う。どう見ても厳つくなんてない。

「絶対そんなことないですよ。ココロさん、もっと自分に自信持ってもいいと思うんですけどね」

「ひぇっ……」

俺が言ったフォローするような言葉に、変な声で反応するココロさん。

「ココロさんがコネクトを始めたのって、もしかして人見知りを克服するためってのもありますか？」

「そ、そう……です。ずっと直したいって、思ってて、でも……難しいです……。か、カケルさんは……？」

言われて真っ先に思い浮かんだのは、光の顔だった。

でもここでいきなり本心である元カノを忘れるため、なんて言ってしまえば、未練タラタラな女々しい男だと思われてしまう。

それは嫌だった。

「友達に勧められて……」

断じて嘘《うそ》ではない。そもそも縁司に勧められていなければ、入会することはなかったんだから。

「そ、そうなんですね。良い人には出会えましたか？」

「それが、元カノと会ったんですよね」

話のネタとして、元カノと再会したことを話す。

相性が異常に良かったことから、顔もわからないまま会うことになり、会ってみればなんと元カノだった、と。

だから別に、未練ではない。ココロさんにはそう伝わるように。

「凄《すご》い偶然……」

「でしょ？　俺もビックリしましたよ」

「未練は、なかったんですか？」

その問いに、作っていた愛想笑いが一瞬凍る。

別れて一年も経《た》つのに、未《いま》だに光と過ごした日々を鮮明に憶《おぼ》えている。

別にまだ好きだなんてことは決してないが、それがなければコネクトを始めることもなかったわけだし……。

「ない、ですよ」

一瞬の間がその言葉の信憑性《しんぴょうせい》をなくしたが、ココロさんはそれ以上そのことについては聞いてこなかった。

気を遣わせてしまったかもしれない。

いっそ、早々に忘れるためにもコネクトで新しい恋をしてしまった方がいい。例えば、目の前にいるココロさんにでも……。

その後俺たちは少し話して、その日は解散した。

ココロさんは本名を初音心《はつねしん》さんというらしい。

雰囲気に合った良い名前だと感じた。

俺の本名も明かしたが、その後の会話でもお互いにコネクトでのユーザーネーム、『カケル』と『ココロ』で呼び合った。

ココロさんと解散した後、俺はアルバイトに向かった。

午後は授業がなかったからだ。

アルバイト先のカフェに着くと、同じ時間から出勤の縁司が制服に着替えている最中だった。

「あ、翔ちゃんおはよー。お昼誰と食べてたの？　せっかくバイトの時間も同じだったから誘ったのに！」

「悪い、凄い偶然が起きてな」

「なにそれ、聞かせてよ」

ここ最近、奇跡みたいな凄い出会いが二つもあって、あまり誰かに自分の身の回りの話はしないタイプの俺だったが、流石《さすが》に共有したくなった。

「コネクトでマッチングした子が教室で横に座っててさ……、そのまま昼飯食うことになったんだよ」

「なにそれ!?　凄いね!?」

「だよな、まじでビビったわ」

「なんていう子？　同じ大学なら僕も知ってる子なんじゃない？」

ココロさんは極度の人見知りで、あまり人と関わっているタイプではない。失礼だけど、多分友達も少ない、もしくはいないだろう。

俺は名前どころか存在も知らなかったわけだが、色んな人と交流があってコミュニケーション能力がずば抜けている縁司ならもしかすれば知っているかもしれない。

「初音心って人。同じ学部らしい」

「ええええ!!!!」

縁司の叫びが狭い更衣室で響く。店内まで届いていたらお客さんが驚いてしまうだろうが。

「うるせぇな、なんだよ、知り合いか?」

「もしかして翔ちゃん、その子のこと知らなかったとか言わないよね?」

「知らなかったよ」

「翔ちゃん、もう少し他人に興味持ちなよ……」

「なんだよ、有名人だったのか?」

「有名も有名! うちの大学で知らない人なんていない、マドンナだよ!」

いやだから、俺は知らなかったんだけど。

「神々しすぎて、初音さんがいる場所から半径三メートルは誰も立ち入れないってくらいだよ!?」

なんだその漫画みたいな設定。だから食堂で誰もココロさんの近くには座らなかったのか。

でもそれが事実なら、本人は勘違いしていて、自分が怖がられていると思い込んでいるの可哀想《かわいそう》だな。

「お前は友達じゃねぇの？　縁司なら誰とでも大体友達だろ」

「やめてよ、なんか僕が節操無しみたいじゃん」

「間違いではねぇだろ」

「ひどいね……。実は一度声をかけたことがあるんだけどね」

「ほら節操無しのナンパ師じゃん」

「もう翔ちゃん！」

「ごめん、続けてくれよ」

膨れっ面で地団駄を踏む縁司。その仕草はヒロインっぽいからやめろ。

「ん〜、仕方ないな〜。僕、誰でも何考えてるか大体わかるんだけど、初音さんはわからなかったんだよね」

「お前はメンタリストかよ」

「こんなの翔ちゃん以来だよ……」

「俺もその枠かよ……」

確かに縁司には時々核心をつかれることがある。何考えてるか全部見透かされているみたいに。

「初音さん、何言っても無視するし、なんだか体がカタカタ震えるし、攻略方法がわからなくて……」

ゲーム感覚で人と接する縁司でも、ココロさんの人見知りはどうにもならなかったみたいだ。

「そうか。それ、ただの人見知りらしいぞ」

「え、そうなんだ⁉」

話しながら着替えを済ませた俺は、先に来ていた縁司より早く着替え終えて、話に夢中な縁司は未だに半裸のままだ。

「そういえば、なんで初音さんとのことはそんなに普通に教えてくれるのに、前にデートしたオムライスの人のことは教えてくれないのさ？」

聞かれて、もう言ってもいいか、と諦める。

黙っていることで更に未練があるように思われそうだし、縁司のことだから、きっと隠していてもいつか勝手に真実を知るだろう。

「実は、会ったの元カノだったんだ」

「えええええええええええ!!!!」

「だからうるせぇよ」

さっきよりも大きな声で叫んだ縁司。

「二人とも静かに！　ホールまで聞こえてるから！」

「「はい……」」

すぐに店長が更衣室に飛び込んできて注意された。

なぜか俺まで叱られたことが気にくわない。

「それにしても、翔ちゃん凄いね。二人会って、一人は同じ大学、しかも隣に座ってたマドンナ。もう一人は元カノだったなんて、奇跡じゃん！　未練あったんでしょ？　次会う約束はしたの？」

「み、未練なんてねぇよ!!　ねぇから!!」

「だから二人とも静かにしてェェェ!!」

「「ごめんなさい……」」

今度は俺の声がデカかった。納得の反省。

「じゃあ、バイト始まるまでまだ少し時間あるし、聞かせてよ、どんなデートしたのか」

「まあ、それくらいなら……」

俺があの日あったことを全て話していると、縁司はなにかを理解したような雰囲気で何度も頷《うなず》いて聞いていた。

全てを聞き終えた縁司は、俺にたった一言「意地張って、後で後悔しないようにね」とだけ言い残して、ホールに出ていく。

本当に、全てを見透かされているような気分になった。

四話　出会えたからといって上手《うま》くいくとは限らない。

雨も降っていない日に、男の俺が女物のベージュの傘を持って三ノ宮《さんのみや》駅のホームに立つ。

時刻は一七時五〇分。

約束の時間まであと一〇分だ。

きっと光《ひかり》のことだから遅れてくるんだろうとは思うが、やはりこの待ち時間はどうしてもそわそわしてしまう。

それは俺が光に未練があって、会うだけで緊張しているとか、そんな理由ではない。

冬だし、寒くてそわそわしているだけだ。ほら、手を擦《す》り合わせたり、冷えた鼻先を息で温めたり。

体は落ち着きなく動いているが、心は落ち着いている。本当だ。

だから、今目の前の改札から出てきた光を見ても、全然動じてなどいない。

「お待たせ、早かったのね」

「お前が遅いんだろ」

「失礼ね、時計見なさいよ。まだ一〇分前でしょう？」

「その時計壊れてるんじゃないか？　お前が時間守るなんてらしくない」

「はぁ!?　アンタこそデートの日に寝坊したこと何度もあるでしょう!?」

「たった二回だ!!　お前なんて時間通りに来る方が少ないだろう!!　いつも五分から一〇分くらい遅刻しやがって!!」

「そ、それは……」

周囲の視線が刺さる。

なんだなんだ夫婦喧嘩《げんか》か〜、と少し離れた位置にいた大学生の集団が楽しそうにこちらを見ていて。

「お、おい。恥ずかしいから場所変えるぞ」

「ちょっ……！」

光の手を引いて駅を出た。

冬は暗くなるのが早い。もう外は夕陽《ゆうひ》も見えないくらい暗くなっていて、車のライトやお店の看板などの蛍光灯が街を照らす。

大きいトラックがスピーカーで高収入アルバイトの宣伝を行っている。電車の音、沢山いる人の話し声。

「なに引っ張ってんのよ」

「あ、ごめん」

摑《つか》んだままだった手を放し、謝った。

こういう時は咄嗟《とっさ》に謝ることができるんだけどな……。

「ほら、早く用済ませましょ」

そう言って俺に向けて放したばかりの手を差し出した。

俺は意味がよくわからず、ひとまずその手を握ってみた。

「はっ、はぁ!? アンタなんで頭良いのにそういうところバカなの!?」

「……？」

「傘よ傘!!」

「ああ……、傘か」

「どういう思考回路してるんだか……」

「いきなり手出されたら何もわからねぇだろ!!」

「なんでよ!! 今日はそのために会いに来てるんだからそれしかないでしょ!!」

会うことで頭がいっぱいになって今日の目的が抜けていた。

でも、そんなことをバカ正直に言えば「なにそれ、私のことただの元恋人と思ってるなら そんな残念な頭にはならないわよね？ もしかしてまだ私のこと好きなの？」とか言ってきそうだから絶対に言わない。

「ボーッとしてたよ、ほら」

持ってきた傘を手渡すと、光の表情が少しだけ柔らかくなった気がした。

そんなに、大切にしていたんだな。

「持ち手がちょっと温かい。アンタの体温ね、気持ち悪い」

「言い過ぎじゃない？」

「不愉快な思いをした。それに今日は別に三宮まで来る用なんてなかったのに、わざわざ電車に乗ってきた」

突然不満を溢《こぼ》し始めた。

そんなの、仕方ないことなのに。

「大体アンタがあの時、間違えて私の傘を持って帰ったりしてなかったら、来ることもなかったのよ」

「悪かったよ。でももう過ぎたことだろ」

「そう、過ぎたこと。だからもう私はここまで来てしまったわけ」

光は駅の方ではなく、駅とは逆方向にある繁華街に向かって歩き出す。

「だから夕食付き合いなさい」

「え……」

これでついて行けば、俺が光に未練があるとか、思われないだろうか。

いや、そもそも光から付き合えと言われてるんだし。

でもこの場合本当に未練がなければ「なんでだよ、めんどくさい」とか言って断るのが正解なんじゃないのか。

「ちょっと」

立ち止まってこちらを振り向いた光が、俺をからかう時の縁司《えんじ》と同じ表情で言う。

「もしかして、私のこと異性として意識してるの？　ただの元カノでしょ？　未練があるから簡単にはついてこれないのかしら？」

「はぁ？　なに言ってんだお前。別にお前のことなんかこれっぽっちも女として見てねーよ」

「じゃあ付き合いなさいよ。私だってアンタなんかとご飯食べたくないけど、どうしても今韓国料理が食べたいの。一人じゃ入りづらいし、ちょうど目の前にアンタがいたから、せめて今日私を外出させた罪を償いなさい」

「罪ってなんだよ」

「罪でしょ、私は今日この用事がなければ家で一日ゴロゴロしてるだけで済んだんだから」

「社会不適合者め」

「うっさい」

結局俺たちは二人で繁華街に向かって歩き出した。

冬は暗くなるのが早いからだと思うが、イルミネーションが増える。

ただの歩道橋にも、大層な飾り付けがしてあって、青と白の二色が魅了してくれる。

イルミネーションと言えばカップルで見るのが王道だと思う。

実際に今目の前を歩くカップルがただの歩道橋だと言うのに目を輝かせていて。

「見てマー君！　すっごく綺麗《きれい》だよ！」

「女の子ってこういうの好きだよね」

「えー冷めてる〜、マー君はこういうの見て感動しないの？」

「んーまあ綺麗だとは思うよ」

マー君、わかるよ。

女って生き物はどうしてこうもロマンチストなんだろうな。

イルミネーションなんて言ってしまえばただの電気が集まったものだ。近くで見れば小さい電球が沢山ついてて気持ち悪い。

マクドナリドやウニクロが並ぶセンター街の入り口にはアコースティックギターで弾き

語っている男の子がいて、その前を通ってセンター街に入る。

この男の子、ここで偶《たま》に見かけることがある。

一年以上前にも、光といた時に足を止めて聞いたことがあった。

「なにか、リクエストありますか？」

「ヒマワリの約束が聴きたいです！」

あの時は俺たちしかいなかった観客。今では人で囲いができていて、リクエストを聞く相手にも困っていないみたいだ。

「人気出ちゃったみたいね」

「……そうだな」

人気が出たではなく、出ちゃったという言葉がまるで、俺たちだけの秘密を沢山の人に知られてしまったね、という意味が隠されているようにも聞こえた。

別に、そこまで深く考えて言ったわけではないだろうに。

センター街を途中で横に逸《そ》れて、いくたロードという飲食店が並ぶ道に出る。

夜にこの道を歩くと、必ずと言っていいほどに人に話しかけられる。

「お兄さんたち、居酒屋とか探してますぅ？」

パツパツのスキニージーンズを穿《は》いた厳《いか》ついお兄さんが、俺たちの横にくっ付いて、居酒屋に誘ってくる。

そう、この道はとにかくキャッチが多い。

「キャッチと突然胸を押し当ててくる女にはついていくなと亡くなった爺《じい》ちゃんに言い聞かされたので」

こうしてきっぱり断らないと、五〇メートくらいは平気でついてくるから厄介だ。

「そうっすか……でも俺別に怪しくないっすよ！」

おっと、コイツは中々レベルの高い敵だった。目線下に『逃げられなかった！』と表示されているように感じる。

「すみません、私たちもうご飯食べたし十代なんで」

「あっ、そっすか！　そんじゃあ失礼しまっす！」

そこへすかさず光のフォロー。

確かに、こういう人たちはご飯をもう食べたと言えばお酒がある、と食い下がる。そこに十代というワードで追い打ちをかけることで、これ以上俺たちに話しかける意味をなくしてしまう作戦か。やるな、こいつ。

キャッチのお兄さんはパツパツの脚でまた違うターゲットを見つけて歩いていった。

どうしてああいうパツパツのスキニージーンズを穿くキャッチの人はみんなあんなに美

脚なんだろう。

「アンタ、お爺ちゃん亡くなったんだ……」

「いや、今も元気だぞ」

「呆《あき》れた……、嘘《うそ》でも人殺さないでよ……」

「毎朝爆音でラジオ体操してるって、母さんが言ってた」

光も何度か実家に住んでいたころに遊びに来ていたから、俺の家族とは仲が良かった。

光と別れたという話をした時は、誰よりも母さんが悲しんでいたかもしれない。それだけ母さんは光のことを気に入っていた。

「あんなに温かい家族からアンタみたいな冷めた人間が生まれたなんて信じられない。もしかして捨てられてて拾われたんじゃないの？　どんぶらこ〜って」

「あのな、お前こそ嘘でもそういうこと言うんじゃねぇよ。それにその効果音だと間違いなく俺を拾ったのは婆《ばあ》ちゃんだよな。イマドキ川で洗濯してる婆ちゃんいねぇぞ」

「その場合アンタの名前は翔《しょう》太《た》郎《ろう》になってるわね。おめでとう、川で拾われた説は立証できなかったわ」

「俺は間違いなく温かく優しい両親から生まれたし、俺自身もそれを継いでいる」

「はぁ？　アンタには思いやりが欠けてんのよ。お母さんのお腹《なか》に忘れてきたんじゃない？　生まれなおしなさい」

「それ遠まわしに死ねって言ってるよな？」

「なに？　別に遠まわしじゃなくてもいいけど？」

口を開けば毒の吐き合いになるが、それでも隣を歩いて進む。

向かう先は光ご所望の韓国料理店。昔からだが、目指している飲食店があっても俺たちはまっすぐに進まない。

俺たちは、というより光は、というのが正しい。

「うわっ、今通った焼肉屋の匂いが私を誘惑してくる……」

確かに焼肉屋の前を通った時に炭火で肉を焼いている良い匂いがしたけど、お前が食べたいと言っていたのは韓国料理じゃないのか。

「うわっ、こんなところにお寿司屋《すしや》さんできたんだ……」

「なんだ、寿司が食べたくなったか？　それとも焼肉か？」

目が輝いていたが、なんとか韓国料理店に向かおうとする。する……が。

「おい、どうするんだ」

寿司屋の前から離れない光に呆れてしまう。

体は寿司屋の前、視線と鼻先は焼肉屋、つま先は韓国料理屋に向けている。忙しいヤツだ。仕方ない、昔のように誘導するか。

「よく見てみろよ、この寿司屋回ってないぞ。きっと値が張る」

「むぅ……そうね」

「そしてよく考えろ、韓国料理屋は大体焼肉屋みたいなもんだ。肉だってあるし、お前が好きだったチーズボールだってある」

「むぅ……そうね」

「だったらもう最初に行こうとしてた韓国料理屋に行けばいいだろう」

それに、俺たちが行こうとしていた韓国料理屋は以前にも光と行ったことのある店で、何があるのかは大体把握しているつもりだ。

たしかあの店には……。

「肉寿司だってあっただろ。俺が好きなチャンジャもある」

「……」

目は輝き、よだれまで出そうになっていたくせに、突然不機嫌そうに俺を睨《にら》みつける。

俺は感謝されど恨まれるようなことを言った覚えはないが……？

「なんだよ」

「私はそもそも最初から韓国料理が食べたいって言ってたからね」

「……？　わかってるよそんなこと」

「だから、別にアンタの口車に乗せられたわけじゃないってこと！　私は私の意志で韓国料理屋に決めたから！」

「よく言うよ、今の今まで焼肉屋と寿司屋に夢中だったくせして」

「うっさい！　早く行くわよ！　ちゃんとついてきなさいノロマ！」

「はぁ……ムカつくな」

……本当に、憎たらしい元カノだ。

階段で地下に降り、ネオンが煌《きら》めくパリピっぽい店内に入る。

「いらっしゃいませー！」

元気な挨拶で迎えてくれたのは韓国アイドルみたいな可愛《かわい》いお姉さん。

さっきのキャッチ同様、恐ろしく細い。

「ご案内しますねー！」

全座席が個室になっているが、音からして沢山のお客さんが入っている。

一部の店舗では禁止行為にもなっている一気コールも聞こえてきて、正直こういうタイプのノリは苦手な俺には辛《つら》い空気だ。

「私もさっきの店員さんみたいに細くなりたいなぁ、何食べたらああなれるんだろ」

お前の場合は何も食うな。

今でも細いから、きっとそのバカ食いを直せばきっとシンデレラ体重だ。

「アンタ、こういう雰囲気嫌いだったわよね」

「おお、よく憶《おぼ》えてたな」

「前に来た時はもっと静かだったけど、壁一枚隔てて宴会でもやってるのかな」

「まあ、なにしようがその人の自由だろ。同じ店に入ってきたわけだし、文句言えねぇよ」

光は「ふーん」と言いながら腕時計を確認して、入ってきた階段の方を指さして言う。

「別に他の店でもいいわよ？　ほら、焼肉とかお寿司とか」

「なんだ、気遣ってくれんのか」

瞬間、けろっとしていた表情が歪《ゆが》んで。

「はっ、はぁ!?　別にアンタに優しくしてやろうとかそんなんじゃないから!!」

「はいはい。でも本当にここでいいよ。最近パリピよりも騒がしい上にやたらと付きまとってくる犬みたいな友達ができてな。そのおかげで慣れた」

「あっ、あっそ！　その人、可愛いの？」

「なに言ってんだよ、アイツが可愛いわけないだろ気持ち悪い」

「そんなに言ったら可哀想《かわいそう》でしょ」

「あ、でも多分大半の人には可愛いって思われてそうだな。年上とかに可愛がられてそうな感じだ」

まぁ縁司のことだからきっと年齢関係なく人気ありそうだけど……。

「……そうなんだ」

「なんでそんなこと聞くんだよ。俺の友達の話とか、興味あったのか？　昔でも聞いてこなかっただろ」

「昔は聞かなくてもアンタの交友関係ぐらい把握できてたからね。まぁ今も別に興味があるわけじゃないけど」

「なんで把握されてんだよ、もしかしてお前こっそりスマホとか見てねぇだろうな⁉」

「見てないわよ！　同じ高校だったしアンタ用事がないと全然外出ないじゃない！　それにいつも私と一緒にいたから、嫌でも把握するわよ」

「ああ、確かに」

思い返せば、高校生の時に出会って、最初から意気投合した俺たちは親友と言ってもいいくらいに仲が良くて、いつも一緒にいた。

だから周囲にお前らいつ付き合うんだとか言われたりして、ようやくお互いを異性として意識し始めたんだ。

それまではただ一緒にいたいと思っていただけだったのに、一度意識してしまうともう止まらなくて、それまでの友達としての距離で接することもできなくなっていって。

「俺も、お前のことならなんだって……知ってたよ」

「その言い回しキモイからやめてくれない？」

「キモイとか言うなよ泣くぞ？　泣いたらバーバ来ちゃうぞ？」

「はいはいぴえんぴえん」

今では何を思って、誰といて、どんな食べ物にハマって、どれだけバカみたいに食ってるのかもわからない。

昔なら知っていたことだが、一年間も離れてしまうとこうも変わるものなんだなと実感する。

――コンコン。

個室の扉をノックする音がして、思った。

さっきまで宴会をしていた一気コールのパリピたちは帰ったようだ。店内は過ごしやすい空気になっていた。

「失礼しゃーっす！　先にドリンク伺いまーっす！」

と、油断したらチャラいお兄さんがハイテンションで注文を取りに来た。

「あ、そういえばアンタお酒飲むの？」

別れた時俺たちはまだ十代だったから、お互いのお酒事情を知らない。

二十代になったら基本的に飲んだことがないって奴《やつ》の方が少ないとは思うが、そこで自分がお酒に向いていないと感じたらその先飲まなくなる。むしろハマってしまう奴もいると思う。

俺はインドアで根暗なくせに、お酒は口に合った。

お酒って言ったらパリピのイメージ強いし、きっと苦手なんだろうなと思い込んでいたけど。

縁司に付き合わされて飲んでみるとあら不思議、美味《うま》いじゃん。

でも……。

「飲みたいけど、明日一限からだからやめとくよ」

「普段は飲むんだ、意外ね。じゃあ店員さん、私オレンジジュースでお願いします」

「俺はウーロン茶でお願いします」

「うっす！　食べ物のメニューはそちらのタブレットからお願いしまっす！　失礼しまーっす！」

うーん、パリピというか、体育会系だったかな。

「つーか別に俺に合わせてソフトドリンクにしなくてもよかったんだぞ」

「は？　別にアンタに合わせたわけじゃないし。私も明日一限でなきゃなの。勘違いしないでくれる？」

はい、これが数々のラブコメで登場するツンデレヒロインってやつですね。

おかしいな、漫画とかだと可愛く見えるのに、実際目の前にするとなんと憎たらしいことやら。

「はいはい」

「二回言うなっ！　腹立つ！」

頬《ほお》を膨らましながらも、タブレットのフードメニューを見てすぐに機嫌が良くなる光。

表情だけで大体の機嫌がわかってしまうところは全然変わらないな。

「まあ……」

「……？」

「今日じゃない日にでも機会があれば、その時飲めばいいじゃない？」

タブレットに目を落としながらそう言った光は、きまりが悪そうに口を尖《とが》らせていた。

「ああ、そうだな」

「ええ、別に今日じゃなくても、またいつか……」

また、そんなことはもうないと思っていた。

でも、奇跡的に再会できて、偶然傘を持って帰ってしまってまた会えて。

いや、会えてと言ったら会いたかったみたいじゃないか。

会ってももう、前みたいな関係には戻れないだろうに。

「――なあ光」

「……なによ」

タブレットでちょうど顔が隠れてしまって、今どんな表情をしているのかわからない。

でも、言わなきゃならない。

「俺にもメニュー見せろ」

「あ」


注文した料理も全て運ばれてきた。

チーズボール、チャンジャ、ユッケ寿司《ずし》、チーズタッカルビ、ナムル盛り合わせ、冷麺、キンパ。

うーん、やはり並んだ料理を見て思う。

「なあ」

「なによ？」

「これ全部食べきれるのか？」

「余裕でしょ」

因《ちな》みに俺が注文したのは小皿に小さく盛り付けられたチャンジャとキンパ一人前だ。他は全部光が注文したもの。

俺が注文したものは一般的な男性の食事にしてはかなり少ない量だ。でも俺は別に少食というわけではない。

光のことだからどうせ食べきれない量を注文すると予想して、残飯処理を任せられることまで計算の内。

「一応聞くけど昼ご飯抜いてきてたり？」

「しない。なんならデザートまでしっかり食べたわ」

「ですよね」

光には人間誰しもに搭載されている満腹中枢というものが存在しないんじゃないだろうか。

だからバカみたいに食べる。というかもうバカだ。

そしてついさっきまでバカ食いしていた手を止めてこう言うんだ。

「うっ、気持ち悪い……」

「はぁ……」

「仕方ないわね残り……アンタにあげる」

すっごく嫌そうな顔で渋々譲るが、そこまでしてまだ食べたいという欲があるのが驚きだ。

俺はお腹《なか》いっぱいとは程遠い。

「じゃあ……」

だから目の前のチーズボールが美味《うま》そうで仕方ないが……。

「やっぱり食べたい!!」

俺に食料を奪われそうになった途端、血相を変えてチーズボールを強引に口に放り込む。

どれだけ食べ物への執着があるのか。

「そんなに慌てなくても食べ物は逃げねぇよ……」

全ての食べ物がなくなってもまだタブレットを見ている光。流石《さすが》にもうこれ以上食べたら死ぬ可能性もあるし取り上げておこう。

「はい、もう終わり。動けなくなるぞ」

「あっ……、ん～！　やだ～！」

子供か。

光と食事に行くということは、あり得ない量の残飯を食べさせられる恐れの他にも、まだ恐《こわ》いことが残っている。

伝票が、恐ろしい。

クラッカーを鳴らす時のようにビビりながら伝票に目を通す。

「はぁ……」

「なによ、アンタほとんど食べてないし、私払うわよ」

「いやいや、会計を女に払わせるところ見られる屈辱がだな……」

「アンタそういうプライド高いところあるわよね」

「いやお前もかなり傲慢だろ」

「なに？　ゴウマン？　なにかのキャラクター？」

「いやもういいです」

結局俺の強い希望もあり、会計は割り勘に終わる。

全部出すと言ってきかなかった光だったが、伝票を見てから青ざめて、俺の提案を呑《の》んだ。

今度からちゃんと考えて食べてくれ。

「あー美味しかった!!」

「変わらず胃袋バカになったままなんだな」

「バカって言うな、腹立つ」

店を出たら、もう向かう先は決まっている。

俺たちがまだカップルだったら、きっとこの先になにかしらのイベントがあるんだろう。カラオケに行くもよし、公園に座ってお喋《しゃべ》りもよし、駆け引きの後にネオン煌《きら》めく建物に消えていくも……よし。

でも、俺たちは元カップルという微妙な関係。一番お互いを知り尽くした友達、というのが一番近い気がする。

「帰ろっか」

「そうだな」

まっすぐに、駅に向かう。お互いが、別々の家に帰る。

「そういえばさ」

「……?」

寒さへの抵抗で手に息を吐く光は、明日の天気の話でもするかのように話し始める。

「アンタ、アプリでもう誰かと会ったの？」

「なんだよ、急に」

「別に、なんとなく」

頭に浮かんだのは、大学のマドンナで極度のコミュ障なココロさん。まだ彼女以外には会ってもいないし、マッチングすらしていない。

「まあ、偶然同じ大学の子と会ったよ」

「そう、なんだ」

「どうなの？」

「どうって、別に普通だよ。大学ではアイドル的扱いを受けてるらしい子だよ」

「らしいって、アンタ本当他人に興味持たないわよね。……アイドル的扱いなら可愛《かわい》いんだ」

「まあ、うん」

駅に着くまでの数分、ずっと黙っているのもばつが悪いし、なにか話そうとするのはわかる。そこで出てくるのがどうして俺の恋愛事情なんだか。

いいや、でも俺たちはマッチングアプリで再会したわけだし、自然とその話題にもなるのか。

そのまま少しの沈黙が生まれて、俺はその間を埋めるように特に何も考えずに話し始めた。

「そっちはどうなんだよ？」

「別に」

「おい、俺だけに言わせるのかよ。ずるいだろ」

「一人仲良くしてる人がいるよ。私沢山の人と一度に連絡取り合うのとか向いてなかったみたい。その人結構いい人だし、もうマッチングアプリもやめようかなって」

「ふーん……、もう会ったの？」

「まだ」

「かっこいいの？」

「まあ、写真だけど結構イケメンかな」

「……」

「……」

再会して、一度デートして、また傘を返すためにこうして会って、光には意地でも言えないが、正直に言ってしまえば素直になるべきか、とも思っていた。

俺が本当に一緒にいたいと思えるのは、憎たらしくもあるがやっぱり光なんじゃないかって。

今日だって喧嘩《けんか》ばかりの会話だったけど、それすらもどこか楽しくて。

「駅、着いたよ」

「ああ、うん」

でも、そう思ってももう遅い。

俺に新しい出会いがあったように、光にだって新しい出会いはある。

いつまでも元恋人が頭から離れない俺とは違って、光はもうすっかり未練などなくしてしまっているんだ。

俺も、さっさと新しい人と、そうだ、ココロさんみたいな人で、こんなダサい未練なんて捨ててしまった方がいい。

別に光が今でも好きだ、なんて言うつもりはない。ただ、誰か他の人といるところを想像したら、少しモヤッとしただけで。

「じゃあな」

「うん、じゃあ。半分だしてくれてありがと」

「おう」

先に電車に乗り込む光に、手を振るわけでもなく、ただそこで言葉を渡すだけ。

もう俺たちは、さよならと手を振ったり、心配だからと家まで送ったりするような関係じゃないから。

お互いを知り尽くしている良き理解者、そう思えばいいじゃないか。

そう思える人だって、なかなかできないものだろう。

だからもう、終わりにしよう。

五話　初デートは万人ウケする服装を意識した方がいい。

大学の食堂。

オムライスを持って座れる場所を探していると、混み合う食堂の中に一か所だけやけに空《す》いている場所を見つけた。

その中心には案の定ココロさんが座っていて、俺に気付いたココロさんは一度目を逸《そ》らしてからもう一度俺を見て、手の平を見せた。

手をあげたり、振ることは恥ずかしくてできなかったんだろう。

「こんにちは、ココロさん」

「こ、こんにちは、カケルさん」

軽く挨拶をして、隣に座る。

周囲からは羨ましいだとか、ムカつく、みたいな感情を乗せた視線が飛んできて、心にグサグサと刺さった。

「今日は、オムライスなんですね」

俺のオムライスを見て、ココロさんが言う。ココロさんは昨日と同じ、カツカレーを食べていた。

「オムライス、しゅきなんですか？」

ほんと、サ行苦手だよなココロさん。

「ん、まあ好きですね。ココロさんはカツカレー好きでしょ」

「昨日食べたのが美味しくって……。カケルさんはオムライス、写真で登録するくらい好きですよね」

「でもそんなにめちゃくちゃ好きってわけでもないんですよね」

「じゃあなんで、プロフィール写真に……？」

言われて、自分でもわからなかった。

なんとなくでなぜわざわざ一年も前に撮ったオムライスの写真を遡ってまで探して登録したのか。

光《ひかり》への未練。

それが頭を過《よぎ》った時、自分の女々しさが嫌になる。

もう、俺たちにはそれぞれ新しい恋愛があるんだ、忘れて先に進もう。

「お気に入りの店のオムライスなんです。だから……」

「そうなんですね」

ココロさんはなにか言いたげな表情だったが、それ以上追及することはなかった。

カツと一緒にかみ砕いたのかもしれない。

「そういえばココロさんはコネクトで誰か良い人見つかりました？」

気分と話題を変えようと尋ねてみる。

単純に気になったというのもあるが。

「い、いえ……。カケルさんは、昨日言ってた元恋人の方とは進展ありましたか？」

まるで考えていることがわかっているかのように、俺の頭を悩ませている問題に触れてくる。

「前に再会した時に、傘を間違えて持って帰ってしまって。それを返すためにまた会いました」

「そ、そうなんですね……」

会話はそこで止まってしまい、俺たちは黙々と食事を済ました。

丁度俺が食べ終わったころに、先に食べ始めていたココロさんもカツカレーを食べ終えて、水をグイッと一気に飲み干したと思えば、膝の上に乗せた握り拳がプルプルと震えたまま話し始める。

「じ、実はカケルさんにお願いがあるんです」

「なんですか？　俺にできることなら聞きますけど」

「私、極度の人見知りで、特に男性と話すのが凄く苦手なんです」

だから、コネクトを始めた。それは昨日聞いたことだ。

「でもカケルさんと話す時は、なんだか楽しいし、今だってあんまり噛《か》まなくなりました。話しやすいんでし……あ……」

言ったそばから噛んでいる。なんだか微笑《ほほえ》ましい。

「だ、だから！」

「は、はい」

噛んだことを誤魔化《ごまか》すようにココロさんなりの大声で言う。実際は俺の平常時の声くらいしか声量はないが。

「かかか、カケルさんさえよければ、こうして一緒にお昼ご飯を食べたり、そ、その、お出かけしたりとか……してくれませんか？　も、もちろんお昼はご馳走《ちそう》しますかりゃ！　あ、はぅ……」

最後の最後でまた噛んでしまい、顔を真っ赤にしている。

人見知りで男と話すことに慣れていないココロさんが、それを克服するために俺にこんなことを提案するのも、かなり勇気がいることだろう。

でももしもこれが俺じゃなければ、この子が利用されることもあり得る。

見た目なんてアイドル並みに良くて、男が好きな感じの庇護欲《ひごよく》がそそられる雰囲気。

だからこそ、これから自分の身をきちんと守れるように教えてあげなければならないと感じた。

「俺も男だしもちろん例外じゃないけど、ほら、マッチングアプリってヤリモクだとか、変な人もいるわけじゃないですか」

「はい……」

「だから、もうちょっと警戒した方がいいんじゃないですか？　俺たちまだ会うの二回目だし」

「そう、ですよね。私たちまだ、二回しか会ってないんですもんね」

「……」

「でも」

ココロさんはこの会話の中で、初めて俺の目を見る。

それも、ただ見るだけではない。

俺と目が合えば、すぐに逸らしていたココロさんが、今は逸らさずにじっと俺を見つめ続けて——。

「――カケルさんはそんな酷《ひど》い人じゃないって、私わかります」

頬《ほお》は赤いまま、噛むこともなく、まっすぐにそう伝えてくれる。

そこまで言われたら、せっかくこんなに緊張してまでしてきたお願いを、無下にすることなんてできなくて。

「わかりました。でも食事を奢《おご》るとか、そういうのはやめてください。平等でいましょう」

平等でいる。

そう伝えることが、とりあえず今できる誠意の示し方だと思った。

「あ、ありがとうごじゃいます……!! あわわぁ、緊張しました……」

実際に口に出してあわわぁなんて言う人を初めて見て、ついつい笑ってしまう。

「ちょ、ちょっとなに笑ってるんでしゅか……!!」

「ははっ、でしゅ、って。ははは」

これから楽しくなりそうだなと、少しワクワクした。

＊

元カレと再会して、私は自分の心情の変化を感じていた。

本当に私は未練がないのか。

本当に未練がないなら、どうして翔《しょう》からの『ごめん、傘』というＬＩＮＥに微笑んだりしたのか。

「はぁ……」

理性では翔をまだ好きだなんて思わない。でも、多分私は本能的なところでは、やはり未練があるのだろう。

再会した時、言葉も態度も無愛想だった私だけど、本心は違った。きっとあの時、一年ぶりに会えたことに歓喜していたんだ。

認めるのは癪《しゃく》だけど、きっとそうなんだろう。

じゃなければ未練のない元カレとカフェに行って、公園でワッフルを食べたりしない。

私は面倒臭がりだ。

どうでもいい男とそんなことはしない。

その日の夜、余韻に浸ったことも、今こうして悩んでいることも、それが立派な未練の証拠だ。

仮に翔とやり直したいというのが私の本音だったとして、それを叶《かな》えるのは難しい。

翔と別れた時にこの世の終わりとでも言いたくなるくらいに落ち込んだ私は、復縁について沢山調べた。

結果、復縁自体があまりない上に、復縁後も長く付き合い続けるカップルはかなりレアらしい。

それにこの前のデートでは天邪鬼《あまのじやく》を発揮してかなりウザい女になってしまっていたと思う。

たとえ翔がやり直したいと思っていたとしても、あんな態度をとってしまったらもう、そうは思ってくれないだろう。

今頃、大学が同じだって言ってたコネクトで知り合った女と……。

翔とのコネクトでのメッセージを見直していると、ちょうど通知が来る。

上まで遡っていた翔とのトーク画面を下までスクロールして、確認した。

翔からメッセージが来たんじゃないか、そう思った。

でもそれは違って――。

『明日のお昼、ランチしない？』

違う、翔以外の男からだった。

写真で見る限り清潔感のある高身長イケメン。話も上手《うま》かった。

「なんだ……、あっ……」

なんだ、という言葉が自分の口から出ていることを自覚して、やはりさっきの仮説は正しかったんだと、未練があった悔しさとよくわからないモヤモヤがこみ上げてくる。

もう認めるしかない。

でも、同時に諦めるしかないのかもしれない。

あんな態度をとったのは自分だ。だから、早く忘れるためにも翔以外の誰かに興味を持ってしまえばいい。

それに、翔にはもう新しい相手ができているんだから。

そのイケメンは、ある程度メッセージでのやりとりもしたし、明日は私も予定が空いていたし、別に断る理由もないから、待ち合わせ場所を決めて会うことにした。

「そのトートバッグ可愛《かわい》いね、アカリちゃんによく似合うよ」

「ありがと……」

男は会ってみるとやはり写真通りのイケメンだった。

顔が可愛いとか、そういう薄っぺらい言葉よりも信用できて、センスを褒められて自己肯定感も上げてくれる、持ち物褒め。

悪い気はしなかった。

メッセージも、『もっと仲良くなりたいからタメ口で話しませんか？』と、素直で好印象だった。

遊びかもしれない、そんな考えが過《よぎ》ったけれど、それでも今は翔のことを忘れるためなら。そう覚悟を決めて——。

「ねぇアカリちゃん、何か悩みでもある？」

そう聞かれて、水面から顔を上げたように意識が男に向く。

さっきまで何をしていたのかはっきりしないくらいに、アイツのことばかり考えていたんだ。

そしてそれを、このイケメンに見透かされた。

「べ、別に……」

「本当？　僕でよければなんでも聞くよ？」

「ん……」

「だってアカリちゃん、ずっとなにか考えてるでしょ？」

なんでも見透かされている。謎のイケメン。

きっとこの人はモテる。

でもマッチングアプリをしているのには理由があるはず。

十中八九ヤリモクだろう。なら、絶対に私は屈しない。

お酒は飲まないし、夜から会うことだってしてやらない。

なんなら、私がこのイケメンを利用してやる。

イケメンならどうせ恋愛経験が豊富なんだろう。

私は翔以外と付き合ったことなんてないし、男の考えなんてよくわからない。ただでさえ翔はかなりの変人だし。

このイケメンがヤリモクなら、私は恋愛相談目的、良い略し方がわからないが……。

「実は……」

そして私は、その日初めて会ったイケメンに、マッチングアプリで元カレと再会したという話をした――。

家に帰ってから、冷静になって思う。

どうして、私はよく知らないイケメンに全てを話してしまったんだろう、と。

＊

コネクトをインストールするまで、ユーチューブなんかで最初に流れる広告にマッチングアプリが入っていても特に何も思わなかった。

でも、最近になってよく思う。

(またコネクトの広告だ……)

縁司《えんじ》が言うにはかなり前からコネクトの広告はよく出ていたらしいが……。

食堂でオムライスを食べながらブルートゥースのイヤホンをしてユーチューブを見ていると、正面に人影があることに気付く。

最近になって見慣れたといえば、この人もそうだ。

「ココロさん、こんにちは」

「こ、こんにちは、カケルさん」

ココロさんの頼みを聞いて、平日はこうして食堂で一緒にご飯を食べ始めてもう一週間が経《た》とうとしている。

最初に比べてかなり緊張もほぐれてきて——、

「今日は私も、カケルさんの真似《まね》をしてオムライスにしてみました……！」

という言葉も噛まずに言えるようになった。

我が子の成長を見守る親の気分だ。

「じゃあ今度は俺がココロさんの真似してカツカレーにしてみます」

「その時は少し奪っちゃうかもしれません……」

「はは、半分こしましょ」

今となっては会話の中でココロさんから緊張を感じることもなくなり、一緒にいてかなり居心地の良い存在になった。

そもそもあまり人と関わらない俺からすれば珍しい。

俺が長く関わっていてもストレスを感じないのなんて、縁司と光くらいだったから──。

「最近、毎日が楽しいです」

急にそう言われて、いつになく積極的というか、ココロさんらしくない態度だなと思う。

「カケルさんはこんな人見知りでダメダメな私でも否定せずに、いつも私のわがままで一緒に食事してくれて」

「嫌だったら毎日食事なんてしてませんよ」

「こうやって私を受け入れてくれて。本当に、嬉《うれ》しいです」

ココロさんはオムライスを掬《すく》ったスプーンをお皿に置いて、スマホで何かを検索し始める。

「だから私、もっとカケルさんのことを知りたくなったし、もっと仲良くなりたくなったので……、かかか、カケルさんがよかったらなんですけど……」

「……？」

「ここ、一緒にいきましぇんか⁉」

見せられた画面には、とあるカフェのサイトが映し出されている。

そのカフェのサイトは見慣れたものだったし、なんならついこの前に同じサイトを検索した覚えがあった。

「ここって、カケルさんが好きなオムライスのお店ですよね……？　カケルさんの好きなもの、私も好きになりたいんです」

いつもは目を合わせないくせに、こういう時だけじっくり目を見つめられるのは、ヤバい。

ただでさえ顔が可愛いのに、普段俯《うつむ》いててよく見えない顔がはっきり見えて、更には俺の好きなものを好きになりたいなんて言われたら、そりゃあ……。

「行きましょう……！」

ってなるじゃん。

数日ぶりの三ノ宮《さんのみや》駅。

神戸《こうべ》市民のホームグラウンドであり、実家のような存在。少なくとも俺はそうだ。

本日の天気は晴れ、光とのデートとは違う。

二月も後半になると少しずつ暖かくなってきて、今日はダウンやコートではない、少し厚めの生地のセットアップ。

インナーには白のシャツを採用して清潔感も演出、完璧なデート服。

「お待たせしました……！」

改札を出る直前に俺を見つけ、駆け寄ってきたココロさん。

ベージュのロングスカートに、トップスはもこもこしたニット。そして首元からはレース生地のインナーが覗《のぞ》いている。

このインナー、街中でもよく見かけるけど、凄く可愛い。

「俺も今来たとこですよ」

なんて、どこかで聞いたセリフを言って、俺たちは歩き出す。

行先はカフェ。光とよく行っていたカフェだ。

「なんだか、いつもより緊張します……」

「大学でも私服ですけど、なんか雰囲気違いますよね」

「いつも楽な格好ばかりなので、今日は気合いを入れてきました……！　それから髪も頑張りました！」

胸の前で拳を握るココロさん。

仕草がいちいち女の子らしい。

「私の気のせいかもしれませんけど……、カケルさんも、今日は少しお洒落《しゃれ》してきてくれましたか？」

普段も身だしなみやTPOを意識した服装を心がけているが、それで言えば今日はデートを意識した服装。大学ではいつもパーカーなど、楽な格好が多いのは俺もココロさんと同じだ。

「そう、ですね。なんか意識するとちょっと緊張するな……」

「私で緊張してくれて、嬉しいです……」

そんなこと言いながら上目遣いでこちらを見てくるのやめてもらってもいいですかね、惚《ほ》れちゃうんで。惚れてまうやろ。

駅から徒歩三分の神立地、草木に囲まれている洒落た空間。

こういうカフェは、普通のファミレスやファストフード店に比べて値が張る。

かといってファミレスやファストフード店よりも味が確実に良いわけでもない。それは食べる側の好みだ。

それでもこうして足を運ぶ人が多いのは、居心地の良さやお洒落な内装、その店でしかできない体験や思い出にお金を払っているからだ。と、俺は思う。

俺は意外にもカフェ巡りが好きなのだと、まだ付き合っているころに光のおかげで気がつけた。

「これが、カケルさんを魅了したオムライスですね……！　美味しそうです……！」

届いたオムライスに唾をのむココロさん。そんなボス戦前みたいな顔しなくてもいいのに。

「では、いただきます」

きちんと両手を合わせてからスプーンを握った。

育ちの良さを感じさせる。

「じゃ、俺も」

同じように手を合わせた時――、

――カシャ。

正面、俺が手を合わせた瞬間をカメラに収めたココロさんが、満足そうに微笑《ほほえ》んでいる。

「良い写真が撮れました♪」

「オムライスじゃなくて、俺でいいんですか」

「はい、カケルさんが良いんです」

多分深い意味はない。

そうわかっていても、照れる。

深い意味があったとして、ココロさんがすんなりそんな恥ずかしくなるセリフを言える
わけがないんだから。

俺も真似をして、一口目を口に運ぼうとしたココロさんにスマホを向けた。

——カシャ。

「私今、油断してました……、変な顔になってませんでしたか……？　なってたらお願い
だから消してくだしゃい……！　恥ずかしぃ……」

スマホに映るココロさんは確かに油断していた。

嬉しそうにオムライスを口に運ぶ姿。

普段と違うのは、不意打ちだったからこそ、緊張がほぐれた自然ないい笑顔だというこ
と。

いつもの少し硬い表情ではない、ココロさん本来の、素敵な表情だ。

「あわわ、恥ずかしいです……。写真がダメならせめて私が消えてなくなりたい……誰か
埋めて……！」

埋めないし消えられると俺が一人になりますからね。

「お、美味《おい》しい……！」

まるで初めてオムライスを食べた人類のような反応をしてみせたココロさん。

確かにここのオムライスは絶品だが、ココロさんはオムライスを食べたことないんだろうか。

いいや、つい先日目の前で食べているのを俺は見ている。

俺は女の子が美味しそうに何かを食べる瞬間が好きだ。それに気付いたのは、光とこのカフェに初めて来た時だった。

まだ、ふとした時に光を思い出してしまう。

再会したあの日、光は一度も俺の名前を呼ばなかった。光なりに、未練がないことを伝えてくれていたのかもしれない。

だからもう、光への未練を断ち切ってしまった方がいい。

今目の前に、こんなに良い子がいるんだし——。

「ごちそうさまでした！」

食べ始める時同様、きちんと手を合わせる。

口元を拭う仕草も、上品で絵になる。

それに比べて、光はいつも頰《ほお》にケチャップを付けてしまっていた。

食べることが好きで、夢中になってしまう光は世話が焼けた。

次から次に食べたいものが出てきて、光は調べるのが下手だから俺が代わりに店の場所や評価を調べる。

腹が減ったら駄々《だだ》こねるし、厄介な女だった。

光とのデートの時は必ず鞄《かばん》の中にお菓子を忍ばせて、腹が減ったとうるさいと渡す。それで機嫌は直る。

本当に、面倒な彼女だった。

「カケルさん、どうかしましたか？」

「ああ、いいやなんでも」

ココロさんと出かけている最中なのに、また光のことを考えてしまう。

もう少しの間は、忘れられなそうだ。

カフェを出た俺たちが次に向かったのは、三ノ宮駅から二つ隣の駅である神戸駅。その神戸駅のすぐ側《そば》にある大型商業施設、ウミエ。

お互いに歩くのが好きということで二駅分歩くことにした。

時間にして約二〇分間歩くことになるが、通り道には有名な中華街やお洒落なカフェや雑貨屋の並ぶ栄町通《さかえまちどおり》という道もある。退屈はしなかった。

「私、ずっとこういうの夢だったんです、お話でしか体験できないと思っていましたけど、カケルさんのおかげで夢が一つ叶《かな》いました」

中華街で買った肉まんで手を温めながら嬉《うれ》しそうに話す。

何に対して憧れていたのか、それはおそらく、今のこの「デート」体験。

実際ココロさんは、ただ男性に慣れるために俺とこうして出かけているんだろうが、男性の前でまともに話せないココロさんにとってこういう体験は難しいことだったんだ。

ココロさんのプロフィールには、少女漫画や恋愛ドラマなんかが好きと書いてあった。察するに恋愛に対して興味はあったのだろう。

でも、恥じらいのせいで上手《うま》くいかない。

そんな理由がなければ、こんなに可愛《かわい》い子が二十歳《はたち》にもなってまともな恋愛をしたことがないという奇跡は起こり得ないはずだ。

ココロさんが肉まんと胡麻《ごま》団子、どちらにしようかと悩んでいて、結局肉まんを選んだから、俺は特に食べたくもなかったが胡麻団子を買った。

分ければ、両方食べられるだろうと思って。

その癖は、アイツに付けられたものだ。

「ほら、食べてください」

胡麻団子は四個入り。

二個食べて、残ったものを容器ごとココロさんに渡した。

すると、ココロさんははっと何かを思い出した顔をして、右手に持つ肉まんを見つめて――。

「すみません、もう半分以上食べちゃって……」

「ああ、俺はいいんで全部食べてください」

そもそも俺は貰《もら》うつもりはなかった。

光と付き合って、意外と女の子はよく食べるということを知った。でもそれは光が特別なのだと後々判明していって、本当は女の子も男よりほんのちょっと少ないくらいは食べるということも知ることになる。

「い、いいえ！　等価交換です！」

そんな女子大生というよりかは錬金術師みたいなセリフと共に俺に食べかけの肉まんを押し付けるココロさん。

「じゃ、じゃあいただきます……」

平等な関係でいようと言ったのは俺なのに、俺から約束を破るわけにはいかないと、等価交換で手に入れた女子大生の残り香を纏《まと》った肉まんを口へ運ぶ。この言い方我ながらキモイな。

「は……っ！」

俺が肉まんを一口で口に入れて、咀嚼《そしゃく》を始めた辺りでココロさんが顔を真っ赤にして口元を隠す。

「しゅしゅしゅ、しゅびませんっ!! べ、別にわざとではなくてですねっ……!!」

「……？」

咀嚼中だから何も言えないが、なにをそんなに慌てているのか。

「失念していました……!! だから私はい、いんりゃんとかではないので……!!」

いんりゃん。

ココロさんの口から出てはいけない単語が、噛《か》んだことでモザイクになっている。良い偶然だ。

おそらく、ココロさんは食べかけの肉まんを異性の俺に食べさせようとしたことで、いんりゃんな女だと思われないか危惧したんだ。

正直、俺も失念していた。

「ははは、俺も気にしてなかったです。嫌だったらすみません。吐き出しましょうか？」

全て飲み込んで口の中が空になってから冗談めかして喉奥に指を突っ込むジェスチャー

をしてみせる。

「わ、私なんかのDNAを取り込ませてしまって……、本当に嫌だったら吐き出してください……!!　私、ずっと側で介抱しますから……!!」

「いや冗談ですからね⁉」

お洒落《しゃれ》な街として有名な神戸を、俺の吐瀉物《としゃぶつ》で汚すわけにはいかないからね。

ウミエに着いてまず初めに入るのは、入り口のすぐ側にあるファッション、インテリア、カフェ、アウトドアなど、幅広く展開しているアパレルショップ、ニコアンドゥ。

家具や服はここで買うことが多い。

元々は名前しか知らない店だったが、光が好きだと言ってよく一緒に来るうちに俺もハマってしまったのだ。って、また光の話……。

「カケルさん、ど、どうれすか？」

丸いフレームの伊達《だて》メガネをかけて、両手にピースでこちらを向くココロさん。

いや、めちゃくちゃ小顔だしパーツも整ってるから似合わないわけはないんだ。でも、なんだそのダサいポーズ。

棒立ちにダブルピース、表情はがちがちの笑顔。

「ぷっ、ははは。似合ってます似合ってます、ははは」

「ちょ、ちょっと笑ってるじゃないですか！　二回言うと嘘《うそ》っぽいし！　もうっ！」

恥ずかしそうに伊達メガネを棚に戻し、背中を向けて歩き出してしまう。

表情を見られたくないんだろう。可愛い。

眼鏡の試着を終えて、変なマネキンのポーズへのツッコミも忘れずにして、ゴリラの意味不明な置物に魅了されたココロさんが買うか悩んで、俺が全力で止めた。きっと後々なんで買ったんだろうってなるからね。

次に俺たちが向かったのはゲームセンター。

向かった、というよりかは偶々《たまたま》見つけて入っただけだが。

そこには沢山のクレーンゲームがあって、その一つを真顔でただじっと見つめるココロさん。

「欲しいんですか？」

「あ、いえ……」

歯切れの悪い返事を不思議に思い、ココロさんが見ていた筐体《きようたい》に目をやると、中には猫のデカいぬいぐるみがある。

やはり、ココロさんも女の子だ。

でも女子大生がぬいぐるみを欲しいというのはどうなんだろう、そんな考えで見ていたのかもしれない。

「よし、俺が取ってみせましょう」

「え……っ」

やはりそうだ。

俺が取ると言ったら表情が明るくなった。

いいじゃないか、ぬいぐるみ。女の子らしくて。

光は俺が昔、クレーンゲームでぬいぐるみを取ってやると言った時には――、

『え、いいよ。食べられないもん。あっちのおやつが欲しい!!』

と言いやがったのだ。本当に、ココロさんを見習ってほしい。

そして一回、また一回と百円を投入して。

「カケルさん、ほら、もう諦めましょう……?」

「いや本当格好悪い……、見ないで……、埋めて……」

結局三〇回ほど挑戦しても全く取れる気配がしなくて、ただただ格好悪い結果に終わってしまう。

そういえばあの時も、俺はお菓子を取れなくて。

『あれ、取れちゃった』

光がやったら一回で取れてしまったんだ。

「取るとか言ったのに、すみません……」

「いえ、本当にいいんです。私本当にぬいぐるみ、そんなに欲しいわけじゃなくて……」

と、ココロさんに気を遣わせるという最悪の結果で……。

「ただ、取るって言ってくれた時、嬉しくって」

「え――？」

「ドラマとかでもよくあるんです、こういうシチュエーション。カケルさんが、私のために頑張ってくれるのが嬉しかったですよ」

じゃあ、あの時表情が明るくなったのは、漫画やドラマと同じ体験ができたことに感動していたということだったのか。

「なんだ、じゃあ取れなくて結果オーライですね。俺はどうやら無意識にココロさんの本心を見抜いて手を抜いていたのかもです」

「あ、それは違うと思います」

「ですよね」

ゲームセンターを出て、ウミエの中をぶらぶらと散策した。

ウミエの中はアパレルショップが多く、普段はあまり買いに来ないというココロさんを連れて色んな店に入った。

普段来ない、というわりにココロさんの服装はお洒落で、ファッションを楽しんでいる感じがする。

「普段、どこで服買うんですか？」

「通販しか使わないです。使わないというか、使えないというか……」

メンズ、レディースの両方を扱う店に入って、レディースの洋服を見ながら、ココロさんに似合いそうな服はないかと物色する。

そんな俺の背後に引っ付いて、俯《うつむ》きながら歩くココロさん。

「ちょ、危ないですよ。ほら、横歩きましょう」

「い、いやでも……！」

さっきから明らかに様子がおかしい。

普通に日本語を発音できているから、コミュニケーションは取れるが、如何《いかん》せん歩き辛《づら》い。

「お客様ぁ〜!!　何かお探しでしょうか〜!!」

音階で言えばソの音。

アパレルショップでソの音を発しながら接近してくる存在。

それは——。

「あわわぁ……、この世の終わりですぅ……」

店員さんを見て眩暈《めまい》を起こしているココロさんを背に庇《かば》いながら、それは言い過ぎだろうと心の中で思う。

「いいえ、特に何か探してるってわけではなくて……」

「あらそうなんですねぇ〜!! じゃあこちらのカーディガンなんていかがでしょう!? 春に向けてライトアウターを選ぶなら、トレンドを意識したこちらのカラーなんてオススメですよ〜!!」

「へ〜」

「こちらのニットなんて、彼女さんによく似合いそうじゃないですか〜!?」

「きゃきゃ、きゃのじょ!?」

「あ、申し訳ございません。違いましたか……？」

「い、いいえ、別に構いませんよ。わ、私は」

店員さんが来てからのココロさんを見て俺は、彼女が極度の人見知りだということを再認識した。

お洒落でファッションが好きそうなのに、アパレルショップに来ない理由、通販でしか買い物しない理由。

「じゃあすみません、また来ます」

店員さんは何も買わない俺たちにも最後までペコペコと頭を下げて見送る。

完全に店員さんが見えなくなるまで、いつもより密着度の高くなったココロさんは少しだけ震えていた。

「ごめんなさい、配慮が足りなかったですね」

説明は不要だろうと、結論だけで先に謝罪する。

「いえ、私が人見知りなのが悪いので……。それにしても服屋と美容院だけはいつになっても恐怖の対象です……」

「二つとも店員さんがめっちゃ話しかけてきますもんね」

「服屋の店員さんは神出鬼没で気配を消しても第六感で見つけ出してきますし、美容院は椅子に縛られて逃げ場をなくされた挙句、爪を一枚ずつ剝《は》がすように洗いざらいプライベートのことを聞き出してきます……恐ろしいです……」

俺にとってはただ髪を切る場所であっても、ココロさんにとっては拷問場所になるんだ。

人見知りって恐ろしい。

「疲れたでしょう、スタベでも買って海沿いのベンチで休みましょう」

俺の提案を聞いたココロさんの表情が一気に明るくなる。

予想通りの反応だった。

ウミエから、ほんの少し歩いたところにあるメリケンパーク。

特に何かある、というわけでもない海が見えるただの広場。大体大学生がスケボーやらダンスやらをしていることが多い場所だ。

メリケンパークのスタベでドリンクを買ってベンチに座って休憩。

それはおそらくだが、ココロさんが憧れるドラマや漫画のようなシチュエーション、だと予想した。

そもそもメリケンパークはカップルにとっては聖地。ココロさんは単純なそういう言葉に弱いと考えた。

夜になれば港町神戸の夜景とライトアップされたポートタワーが映える、女の子が告白されたい場所として俺の中で有名だ。

あくまで俺の中だが。

一方、昼には昼の良さがある。

広い海が見渡せたり、船に乗ったりすることもできる。

俺はソイラテを、ココロさんは挙動不審になりながら頑張って抹茶のフラポチーノを注文しようとしたが、「ままま、マッチョの平手ホチーノくりゃさい!!」とかヤバいこと言い出したから俺が通訳しておいた。

「ふぅ……、スタベは憧れていましたが、あれほど息の詰まるお洒落空間だったとは……」

「初めてだと緊張しますよね」

「カケルさんは慣れてましたね、カスタマイズなんてしちゃって……、しゅごいです……」

「俺も最初はタールサイズって言ってましたよ」

「ああ!! それは言わない約束ですっ!!」

「ははは っ」

サイズを選ぶ時、トールサイズの綴《つづ》りが読めなくて、タールサイズと言ってしまうのはスタベあるあるだが、女子大生で読めないのはなかなかレアだ。

「今日は私の人見知りを直すためにお出かけについてきてくれただけじゃなくて、私のしてみたいことを沢山させてくれてありがとうございます」

「いやいや、俺だって楽しいですから」

マッチョの平手ホチーノを大事そうに膝の上に置いて、海を見る目は波を反射してキラキラしていて。

「やっぱり私、カケルさんと一緒だと緊張もしますけど、なんだか落ち着きます……」

波風に髪が揺れて、綺麗《きれい》な横顔が正面、こちらに向いて――。

「よければまた、私と………デート、してくれますか?」

これまでは恥じらいからか「デート」という単語を避けているようだったココロさんの口からその言葉が出て、俺まで緊張してしまって。

「はい、俺でよかったら。この調子で人見知り、克服しちゃいましょう」

本当に良い日だった。

久しぶりの充実したデート体験だったと思う。

でも同時に、そんな時でも光のことを思い出してしまう自分に、腹が立った。

六話　ドタキャン、ダメ、ゼッタイ。

　コンクリート打ちっぱなしの壁に、俺と同じくらいの高さがある観葉植物。働いているカフェと似たような雰囲気の黒白灰のモノトーンで統一された色使いの部屋は、大学生が住んでいるとは思えない大人びた雰囲気で。

「なんで俺とお前、同じアパートなのにここまで内装が違うんだよ」

「間取りは同じでしょ？」

「そうだけど、俺の部屋は普通の白い壁だぞ」

「これ壁紙だよ。貼ってるんだ」

「洒落てんな……」

「翔《しょう》ちゃんも自炊しなよ。月に一万円食費を浮かせるだけで年間十二万円だよ？　僕は服やインテリアに使いたいね」

　縁司《えんじ》は高そうなポットでいれた良い匂いの紅茶を出して微笑《ほほえ》む。

「どうぞ」

「自炊ねぇ……」

自分で料理などしていたのはいつの話だろう。

高校生のころは全くと言っていいほど料理などしなかった。

大学生になって、一人暮らしを始めたことで何度か自炊することはあったが、長くは続かなくて。

──「翔って、得意料理とかあるの？」

──「カレーかな」

──「え、作れるの？」

──「レトルトに決まってんだろ」

──「それは料理じゃない！」

そんな光《ひかり》とのやりとりを思い出す。

「ねえ翔ちゃん」

「ん？」

「元カノちゃんとはどうなの？」

「どうって、なんだよ」

光とは、もう会わない。

会う理由もないし、会えば自分の中にある未練をより強く感じてしまうだろうから。

光にはもう、新しい人がいるんだ。

俺が入る余地はないし、入るつもりもない。

「どうせまだ未練あるんでしょ？」

「ない!!」

「ムキになるところが怪しい！」

「うるせぇ!!」

縁司は、ケタケタ笑いながら目の前で大学の課題を進めている。

俺も同じように、パソコンを開いてやろうとはするが、手が止まる。

やる気が出なかった。

元々俺は一人でしたかったのだが、縁司が一緒にしようと誘ってきて、断っても勝手に転がり込んできやがったことが始まりだった。

でも俺の部屋にはカウンターデスクしかなく、一人用のデスクだから二人での作業はできない。

面倒だがどうせ断っても無駄だとはわかっているし、縁司の部屋に来ることにした。

気付けば縁司もやる気を失い、スマホで誰かとやりとりをしている。

「おい、課題やるんじゃないのか。やらないなら帰るぞ」

「えー、翔ちゃんもサボってたじゃん」

「俺はそもそも午前中に結構やったから余裕なんだよ」

「ずるい！　じゃあ僕のやつやってよ！」

「アホか、嫌に決まってんだろ」

会話の最中もずっとスマホに夢中で、なんなら少しニヤついているようにも見える。

「誰かとＬＩＮＥか？」

「なになに翔ちゃん、ヤキモチ？」

「気持ち悪いからやめろ、普通に聞いただけだ」

「えっへへ〜、実は最近、いいなって思う子がいてね」

珍しく感じた。

縁司の恋愛といえば、いつも受け身で女の子が好きと言ってくれるから付き合ってみる。

とか、そういうスタンスだった。

いつだって、縁司から好意を見せる子はいなかった。

だから長続きしないし、本人もそのことで悩んでいたはずだ。

「お前本気で誰かを好きになれたことがないって悩んでたし、よかったじゃん」

「うん。もしかしたら男が好きなのかもって悩んだ日もあるからね」

「……」

「ねえ何もしないからお尻の穴隠すのやめて⁉」

もしそうだとしても多分縁司は受けっぽいから襲われることはないか、と考えてしまってなにを想像しているんだと自分の頬《ほお》に張り手を打つ。

「あっそうだ翔ちゃん。金曜日、三宮《さんのみや》でご飯食べない？」

「は？　なんでだよ。別にこの辺りにも飲食店いっぱいあるだろ」

「お願い！　三宮に行きたい店があるんだ」

あまり人と外食しない俺だが、縁司とはよくしている。それは家が近いが故、すぐその牛丼屋に行くだけでいいから。

そもそも一人でも牛丼屋でもファミレスでも入れる俺にとって、縁司と行く理由も別にないのだが、勝手についてくるからまあいいか、と。

「面倒臭い」

「翔ちゃん、そういえばこの前、シフト代わってあげたよね？」

「うっ……」

「あれは確か翔ちゃんが課題を後回しにした結果、バイトしてる余裕がなくなったんだったっけ……？」

「金曜日か、ちょうど俺も三宮に行く予定だったんだ」

それがお前のやり方か、ずるい。

三宮までは最寄りの駅から乗っても三〇分くらいかかるのに。俺からしたらその距離はもう旅行だ。

「よかった、店長に告げ口しないで済みそうで♪」

「悪魔め……」

そして、金曜日。

大学の授業を終え、時刻は一五時。

まだ夕食には早すぎる。

そして縁司は少し早くに終わって、バイトに向かった。終わるのは一八時らしい。

つまり俺は一人で三時間、時間を潰さないといけないということ。

スマホの充電は三〇パーセントとあまり多くはないし、三時間スマホと睨《にら》めっこ作戦を決行するには心許《こころもと》ない。

「縁司め、呼びつけておいて待たせるとは……」

こんなことなら俺もシフト入りたかったな。

過ぎてしまったことは仕方がない。

とりあえず当てもなく歩いてみることにした。

自然と足が向かった先は、大きな階段のようになっているベンチ。

夜になるとカップルがイチャつき始める場所だ。来てみたがもちろん俺は一人だ。用はない。

ただ、ここに来ると光と来たことを思い出す。

別にイチャつきに来たわけではないが、手を繋《つな》いで横に座っていたから、結果的に周囲の人にはイチャついていると思われたに違いない。

今では会っても手を繋ぐどころか拳を交わすくらいの勢いだが。

そして次に向かったのは暇つぶしの王道、ドンキポーテ。

安さの殿堂というキャッチフレーズの看板の下をくぐり、一階の食料品売り場を素通り。二階に上がる。

二階には生活用品などがある。洗剤や整髪料がこのフロアの匂いをごちゃまぜにしている。

もはやなんの匂いかもわからないが良い匂いだ。

ここにも、光と来たことがある。買いもしない柔軟剤のテスターを嗅いで「これは違うわね」と文句を言っていた。どの立場から言ってんだ。
適当に手に取ったテスターを嗅ぐと、いつしか二人で嗅いだ香りと同じで。
「悪くないな」
三階には電化製品からパーティーグッズまで様々だ。
――「ねぇこれ着てみてよ」
そう言って差し出したバニーガールのコスプレ。
そんなもん俺が着るわけないことくらいわかっているだろうに。
俺が着た姿を想像して、光はずっと笑いを堪《こら》えていた。
四階は高級ブランド品を扱うフロアだから、恐ろしくて入ったこともなかった。
でも光が見るだけだからと強引に手を引いて――。
――「あれ、意外と買える値段じゃない？　ほらこのバッグとか三万円だって！」
――「ゼロを一つ数え忘れてるぞ」
――「あっ」
あれ以来四階には入っていない。
これから入ることもおそらくないだろう。
ドンキを出て、しばらく歩くと恋愛成就で有名な生田神社《いくた》がある。

生田神社も、光と何度か来た。

毎年の初詣、大学受験の前にも。

結果大学には受かったが、俺たちは破局。

恋愛成就の神社で学業成就して、恋人とは破局する。結局人生なにがあるかわからないもんだ。

神社の横を通って坂を上がれば、お洒落《しやれ》の街と言われる神戸《こうべ》の中でも、一際洒落た北野《きたの》という場所に出る。

異人館街やインスタでもよく見かける神戸の代表みたいなカフェが並んでいる。

ここに来る時はいつも光と一緒だった。前に来たのは別れる前、一年以上も前のことだったな。

観光でも来る人が沢山いるが、何と言ってもここに来る時に気を付けておきたいのは、かなり坂が長く勾配が急なところだ。

真夏だと冗談抜きに死人が出る恐れがある。

あの時も、光がずっと文句を言っていた。

――「暑いからおんぶして運んで～」

――「何歳だよ」

光が行きたいと言ったカフェ。

俺はきちんと水分補給をしろと言ったのに、光は登りきった後に飲む方が美味《おい》しいに決まっていると言ってきかなかった。

結局俺が店の前まで負《お》ぶって行くことになって、俺だけがやたらと汗だらけで恥ずかしい思いをした。

背中の上で「いけー！　私の専用車！」とか言ってたっけな。思い出したら腹が立ってきた。

街を歩くだけで、まだまだ光との思い出が甦《よみがえ》る。

ダメだ、きちんと未練を断ち切れ。

一度決めたことだ。覆すなんてしてたまるか。

例えば光が俺に未練があったとして、それでもきっと、素直になれない俺たちに先はないんだから。

一人で歩いて三時間。

やっと一八時になって、そろそろバイトが終わったと縁司からＬＩＮＥが来るころだろう。

ここまで待ったが、終わってからこっちに来るまでどれくらいかかるんだろう。

三〇分あれば着くとは思うが……。

まだ来ているはずもないが、約束していた三ノ宮《さんのみや》駅に向かう。

ちょうど駅に着いたタイミングで縁司からLINEが来た。

『一八時半には着くようにするね！』

犬が両手を上げてフラフープをする意味不明なスタンプが一緒についていた。

俺が寒い中待ってんのに、なにお前はフラフープしてんだよ。

ここまで待ってしまえば今更三〇分ごとき大したことはない。仁王立ちで待っててやろう。

ただし縁司が来たら一発くらい殴らせてほしいものだ。

改札から出てくる人の波。帰宅ラッシュの時間だ、学生もサラリーマンも、色んな人がいる。

そう、色んな人がいるんだ。

きっと知り合いに似てる人だっているはずだ。だから俺が今見つけた人は、ただの似ている人だ。

近づくにつれて次第にその姿が鮮明になっていく。そして疑惑が確信に変わった。

「――なんでお前が」

改札から出てきたのは、紛れもなく光だった。

ずっと見てきた姿だ、見間違えるわけがなかった。

「え、なんでアンタがいるのよ……」

光は一人で、大学の帰りにそのまま来たというわけでもなさそうな雰囲気。明らかに、着飾っている。

「お前こそ……」

「私は別に、友達とご飯行こうってなってて……」

そう言って俺の横、一メートルほど距離を空けて立つ。

「俺もそうだよ、それも同じなのかよ……」

「今日の占いで最下位だった結果がまさかこんなところで現れるとはね……」

「星座ランキングの最下位レベルで嫌われたのかよ。あれを朝見た日は一日憂鬱だぞ」

「あら、自覚なかったのね。そうよ、私は今凄く憂鬱」

「むしろ元カレとしてそこらの男よりはマシかと思ってたよ」

「逆でしょ、元カレだから最底辺の人間以下なのよ」

「言い過ぎじゃない？」

会って早々始まる言葉の暴力。

今日光との思い出を振り返って情が湧いていなければ血祭りになっていた。見逃してやったんだ、感謝しろ。

「アンタ、何時に約束してるの？」

「一八時半」

「あら、一緒じゃない」

「え」

俺はそれを聞いて信じられないくらいには驚いた。

それは約束した時間がお互い同じということにではない。

「なんでお前が三〇分前に着いてんだよ……!!」

「別に、なんでもいいでしょ」

三年と三か月、光と付き合っていた。

数えきれないくらいには時間を決めて待ち合わせした。

俺が寝坊した時以外は、一度として光が待ち合わせ場所に俺より三〇分も前に到着していたことはない。

「男か……」

「なんでもいいでしょ！」

マッチングアプリで仲良くしてるという例の男だろう。いざこうやって聞くと少し心がざわついた。

「そういうアンタこそ、ただの友達とわざわざ三宮でご飯食べるようなタイプじゃなかったでしょ。あれね、女ね」

「ま、まあそんなところだ」

実際はヒロイン力が高いだけの男友達だが、光は新しい相手とこれからデートだというのに、俺は男とご飯なんて負けたみたいで言いたくなかった。

「ふーん、順調なんだ」

「まあな」

「アンタみたいな男を良いと思う女って、見る目ないわよね」

「それはお前も見る目がないってことになるぞ」

「バカね、私は一年前まで生まれてからずっと視力を失っていたのよ。だからアンタの姿が見えなかったたってわけ」

「恋は盲目って言うもんな。そこまで俺にどっぷりだったとは」

「はぁ⁉　イイ風に変換しないでくれる⁉」

「痛い痛い、わかったから叩《たた》くな」

そんな喧嘩《けんか》を繰り返すうちに、気が付けば約束の時間に。

でも、お互いに待ち人は来ず……。

「その約束してた子も、ようやく目が覚めたみたいね。どうしてあんな男とのデートに行かなきゃいけないんだろうって、冷静に考えてドタキャンを選んだんじゃない？」

「そっちこそ、他にもっとイイ子が見つかって見捨てられたんじゃないか？」

睨《にら》み合う俺たちのスマホが同時に鳴り、お互いが待ち人からの連絡だと察してすぐに確認する。

これが相手からの遅刻の連絡だということを証明すれば、光を論破できると思った。

だが、実際はそううまくいかない。

『翔ちゃんごめん！　田中《たなか》さんが急に出れなくなって代わり頼まれちゃった！　だから本当にごめん、今度なんか奢《おご》るから許して！』

つまりこれは、光に煽《あお》られた通りドタキャンということになる。

そもそもこの連絡の内容が『もう着くよ！』だったとして、光に証明としてみせることはできなかった。

だってＬＩＮＥの送り主は縁司で、縁司の登録名は『えんじくん』。

さっき見栄《みえ》を張って女の影をチラつかせてしまった手前、言えるわけがなかった。アイツもっと可愛《かわい》い名前で生まれて来いよ。ヒロイン力高いくせに男らしい名前しやがって。

さて、これからどうするべきか……。

隣にいる光を横目でバレないように確認するが、スマホを見ていた。

俺が本当にドタキャンをくらったことを知られれば、きっと煽ってくるに違いない。それはつまり俺の負けだ。そうはさせない。

だったら、光がその約束していた相手と合流するのを見届けて、その後に俺は約束していた『女の子』と合流した。というシナリオでいこう。

そうなれば、光が先にこの場を離れて、俺がドタキャンされた事実を知ることは不可能だ。それに光がこれから会う男がどんな奴《やつ》なのかこの目で見ることができるしな。

別にどうでもいいが、三年以上も付き合った元カレとしては光が変な男に騙《だま》されていないか確認しておく必要がある。

親の次に長く一緒にいたんだしな。

「アンタの相手は、あとどれくらいで来るの？」

スマホに目を落としながら、まるで興味のなさそうな声音で聞いてくる。

これは慎重に答えるべき質問だ。

光にとってはなんとなくの会話かもしれないが、俺の約束していた『女の子』は、光の相手よりも遅く来る設定でなければいけない。だが、俺は光の相手がいつ来るのかなんて全く知らない。

元々約束していたのはお互い一八時三〇分。でも今の時刻は一八時四〇分。つまり、ここから先は予測不可能。

「さあ、そのうちかな」

「なによそのうちって。約束してたのは一八時半なんでしょ?」

「時間にルーズな人なんだよきっと。お前の相手はどうなんだよ、連絡もなしか? どうでもいいと思われてんじゃないか?」

「は? そんなアンタみたいなクズじゃないの。ちゃんと連絡は貰《もら》ってる」

「俺だって貰ってる」

まあ、ドタキャンの連絡だけど。

「じゃあ、あとどれくらいで来るのよ」

これ以上濁すのは無理があるか……。

でも、「あと少し」と言って光の相手がなかなか来なかったら、「さっきのあと少しってのは嘘《うそ》だったのね。そんなにドタキャンされたことを知られたくなかったんだ。恥ずかしい男」とか言われそうで考えただけで腹が立つ。

「さあ、乗る電車を間違えたんだとさ」

これでどうだ。これなら正確な時間はわからないだろう。

「ふーん、ここには何分着なの？」

しまった。

電車の時間なんて調べたら簡単にわかってしまう。

咄嗟《とっさ》に吐《つ》いた嘘だったが、失敗だった。

でも、まだ巻き返せる。

流石《さすが》に光は一時間を超える遅刻を待てるほど心は広くないだろう。つまり、一時間以上かかることを伝えてしまえばいい。

「二〇時までには着くって聞いてる」

「は!?　遅すぎでしょ!!　アンタその間ずっとここで待つつもりだったわけ!?　忠犬か!!」

「うるせーな、お前はどうなんだよ」

「わ、私もそれくらい」

「は!?　遅すぎだろ!!　お前も忠犬だろ!!　馬鹿じゃねぇの!?」

「まあ、私イイ女だから、これくらい余裕よ」

「だとしてもそれは『都合の』イイ女だろ」

「うっさい。私の相手は二〇時一分着らしいわ。アンタの相手の方が先ね」

な、なんだと……!!

俺はさっき二〇時までに着くらしいと言ってしまった。つまり、俺の相手が先に来るということになる。

でももちろん、そんな相手は現れない。

「おっと、今連絡来て、二〇時二分に着くらしい」

「おっと私の方も連絡が来たわ。二〇時三分に変更だって」

「「……」」

厄介な女だ。

だが、……ようやく理解した。おそらく光の相手もなんらかの理由で来られなくなったんだろう。

元々約束などしていなかったが見栄を張りたかったか、約束していたが俺を煽る時に使った『ドタキャン』というワードが自分に降りかかったことで言えなくなってしまった。

それとも偶然俺を見つけて俺が今から会う相手を探ろうとしたか……。

未練のない元カレだとしても、三年以上好き同士だった相手の新しい男だ。誰だって興味があるだろう。

おそらく光も今の状況を理解したようで、深いため息の後、歩き出す。

「おい、いいのかよ約束してる人来ちゃうぞ」

「いいの。今日は合流が遅くなるからやめようって連絡したから」

そんなメッセージを送信しているようには見えなかったが、いつしたのやら。

いいや、そんなことはしていないだろう。だって光の相手はそもそもここに来ないんだから。

でもそれは、お互い様で……。

それでもそう言った光の言葉を、俺は『今回は引き分けにしよう』と捉えて。

「そうか、実は俺もだ」

引き分けなら、恥を晒《さら》すのはお互い様だ。

「ねえアンタまだご飯食べてないんでしょ？」

「まあな、これから食う予定だったわけだし」

「付き合いなさいよ、今日は飲みたい気分なの。『また』って言ったでしょ」

言った。前回の傘を返した日だ。

あの日はお互い翌日が一限からだったからやめようとなった。

その時に確かに言った。

「……行くか」

そして俺たちはまた繁華街で飲食店探しの旅に出る。

前回の復習として、まず一つ、キャッチには満腹な十代設定で対応。

二つ、光が色んな店に目移りしたとして、というか確実にするが、きちんと俺が導く。

三つ、アホ胃袋の光と行くから――、

「お前アホほど食うんだから、安い店か食べ放題の店にしよう」

「流石ね、私のことを誰よりもわかってる」

「何年彼氏やってたと思ってんだ。お前とお前の家族の次くらいには詳しいぞ」

「私だって、アンタのことなら大体わかる。ヒカペディアよ」

「可愛くないネーミングだな」

「うるさい。さあ行くわよ、良い店を探しなさい」

「人任せかよ」


夜の街を歩いて約一五分。

俺たちが入ったのはバーのような暗い雰囲気の焼鳥屋。

炭火焼きの匂いには弱いのだろう光が、店の前を通ると吸い込まれるように店内に入っていった。

雰囲気からして高級店っぽかったが、店頭にあった料金表を見てここに決めた。

二人で飲み食いしても六〇〇〇円程度だろうと思う。だと思いたい。

届いたビールジョッキを掲げて、光にも同じようにしろと顎で促す。

なに私を顎で動かそうとしてんのよ、とか言いそうだなと思ったが、意外にも素直にグラスをジョッキと打ち合わせる。

「「乾杯」」

三年以上も付き合っていたが、俺たちが付き合っていたのは十代の時だった。

つまり、一緒にお酒を飲むのはこれが初めてだ。

光が飲むお酒も、量もペースも、酔ったらどうなるのかも、全て未知数。

泣き上戸、笑い上戸、色々あると思うが、光の場合食べ上戸になることを予想する。シラフの時とあまり変わらないが。

「ぷはーっ、うまい」

一口目のビールにはこのセリフがセットになってくる。これはこの世の全ビールにかけられた呪いだ。

「オヤジかっ」

「いいだろ、声出ちゃうもんなんだよ」

「ビールとか苦くて飲めない。なにが美味《おい》しいんだか」

「だからお前はまだまだおこちゃまなんだよ」

「うるさい」

「いてっ！」

椅子の下から光の蹴りが俺を襲う。ムカつく。

光は意外にも可愛い子ぶってカシスオレンジを注文していた。

「カシスオレンジこそ甘すぎて飲む奴の気が知れないな。それにお前みたいな辛口の女には似合わない。日本酒とかピッタリだろ」

「私の見た目で日本酒は違うでしょ、可愛いカクテルに決まってる」

「自惚《うぬぼ》れんな」

「そういえば……」

そう切り出した光は、カシスオレンジを一口飲んでから話し始める。

「なんでアンタはマッチングアプリ始めたの？」

「え――」

未練を断ち切れずに、友達に勧められたから。なんて言えるわけない。

いや、そもそもそこまでバカ正直に言う理由はないのか。

「友達に勧められてだよ。お前は？」

「ふーん、そうなんだ。私もだけど……」

なにか言いたげな様子だったが、言葉はそこで途切れて、透明のグラスに入ったカシスオレンジをぐいぐいと喉の奥に流し込んでいく。

「で、前に言ってた仲良くしてる人とはどうなったんだ？　結構いい人だしイケメンなんだろ」

俺の問いにグラスを置いてから答え始める。

「そうね、少なくともアンタよりは愛想も良くて爽やかな人よ」

「今日はその人と会う予定だったのか」

「そっ。ドタキャンくらったわけだけどね」

もうわかりきっているとはいえ、自分からドタキャンされたことを認めるのはなんだか意外だった。

ドタキャンされたことをそこまで気にしていない光の様子を見て、少し安堵《あんど》してしまったことが嫌になる。

なにほっとしてるんだ、もう未練を断ち切ると決めたのに。

「正直、新しい恋愛に踏み込もうとはしてるんだけど、なんか誰のことも好きになれないのよね」

お酒の力だろうか、再会してから一度も見えなかった光の本音らしきものが、漏れたように聞こえた。

通りがかった店員さんにレモンチューハイを注文して、氷しか入っていないグラスを揺らす。

「アンタはどうなの？　大学のアイドル女子とは上手《うま》くいってんの？」

普段の俺なら「まあぼちぼちだよ」とか言っていただろう。でも、おそらくだが光は本音を出してくれたんだ。俺だけ何も話さないのは、フェアじゃない。

「実は俺も、お前と似たような感じだ。自分がどうやって人を好きになってたのかわかんなくなった」

「うわ、それすっごいわかる……」

原因はおそらく、光への未練。それは言えないことだ。

「なんであのイケメンは好きになれないのに、アンタみたいな不愛想な男は好きになれたんだろ……」

「失礼な奴だな」

「あはは、やっぱアンタからかうの楽しいわ〜」

心なしか、まだ付き合っていたころのような楽しい雰囲気を感じた。

「まあアンタといるの気楽だし、偶《たま》にこうして飲みに行くのも悪くないかもね？」

悪くない。そう言いきらずにこちらの様子を窺《うかが》うような語尾にどう返すのが正解なのか、咄嗟《とっさ》にそんな判断はできなくて。

「そうだな……、悪くない」

つい本音を漏らしてしまう。

再会してからは俺の前ではあまり笑わなかった光が見せた微笑。俺はなんだか照れくさくて、目を逸《そ》らしてしまう。

「まあまた進展あったら教えなさいよ。血迷っていたとはいえアンタと三年も付き合っていたこの私が相談乗ってあげる」

「偉そうな言い方だな。俺だって、女を見る目はないけど相談に乗ってやらんこともない」

「腹立つ……」

「そっちこそ」

ムスッとした顔でいつの間にか届いていたレモンチューハイをぐいぐいと飲んで。

「すみません、梅酒のロックお願いします」

「色々飲むんだな」

「まあね、アンタはビールばっかりなんだ、オジサンなの？」

「うるせぇほっとけ」

「そういえば、この前コネクトでアンタとのやりとり見てたんだけど、本当ウケる。キャラ違いすぎでしょ」

「おいそれはお前だってそうだろ！」

「あはは、この一通目とからしくないわ～」

スマホの画面を見てゲラゲラ笑う光に腹が立って、こちらも同じことをしてやろうとコネクトから光とのトークを開いた。

一通目まで遡っていく途中で、光から送られていたメッセージに目がいく。

『どうして別れちゃったんですか？』

さっきまでゲラゲラ笑っていた光も、もしかしたら同じメッセージを見ているのかもしれない。少し表情が暗くなった気がした。

「相性は良いはずなのにね……」

それぞれのスマホでメッセージを見返していると、光がそう言って呆《あき》れたように苦笑した。その表情がどんな意味を持っているのか、俺にはわからなくて。

光はスマホを閉じたかと思えば、残っていたレモンチューハイをどんどん飲んで、……減って。

「おい、お前飲むの早くないか？　いつの間にかもう空じゃねぇか。さっき来たばっかりなのに」

「いいでしょ、放っておいて。さっ、次は何飲もうかな」

明らかに早すぎるペース。

もしかしたら光は酒豪なのか？　あり得る。だってご飯もアホみたいに食べるし、脳か胃がバカになってるんだ。

ならこのペースで飲んでもいいのか……な？

お酒のペースもそうだが、ご飯も休まずに食べ続けている。まるで自分のモノだと態度で示す猛獣の如《ごと》く。

「おいおい、別に取ったりしないからゆっくり食べろよ」

「料理っていうのは届いたタイミングが一番美味しいのよ。冷めちゃう前に美味しい状態で食べてあげないと」

「料理は良いとして、お前そのペースで飲んでて大丈夫か？　さっきから顔赤いし目もとろーんってなってるぞ」

「私すぐ赤くなるの。気にしないで」

とは言っているが、見栄《みえ》っ張りで強がりで負けず嫌いな光だ。

きっと少し無理をしているんだろう。ここで俺がおかわりすれば、張り合ってくるかもしれない。

まだまだ飲めるし、飲み足りないが、一応元恋人だ。潰れてしまうとわかってて放っておけない。

「俺はもう飲めないからいいや。すみませーん、水ください」

目が合った店員さんに、手でピースを作って二個持ってきてと意思表示をする。

言葉に出したら、きっと光は「私は全然大丈夫だって言ってるでしょ!!」とか言って飲まないだろうから。

「ふぅ〜、なんか眠くなってきた」

「ほら、もうやめとけって」

思ったよりもう酔いは回っているらしい。

酒の強さは人並みくらいだったようだ。

「でもさっきもう一杯頼んじゃったから、それで終わりにする」

まあ一杯くらいなら大丈夫か……と、この時は思った俺だったが、これが間違いだと気付くのは解散しようと駅に着いた時になる。

最後の一杯を一気飲みした光は、俺が手渡した水を「あれ、レモンチューハイまだあったんだ」と、お酒と勘違いして飲み始める。

もう味もわかってないんかい。

虚《うつ》ろな目をしている光を座席に残して、先に会計を済ませた。

安い店だったとはいえ大学生には少し痛い出費だ。でも光はあの状態だし……。後で請求書送りつけてやる。

「さあ、帰るぞ。立てるか？」

俺が差し出した手を握って立ち上がった光は、じっと俺を見つめる。

赤く染まった頰《ほお》、艶のある唇。

この距離で見ると流石《さすが》に少し照れるな。

比べるものでもないが、光もココロさんに劣らないくらいには可愛《かわい》い。タイプは全然違うが、高校の時もとにかくモテていた。

整った顔に護《まも》りたくなるような華奢《きゃしゃ》な体、そして男子でも気兼ねなく話せる明るさ。

「ねえ」

じっと俺を見つめていた光は、もたれかかるように俺の胸に手を当てて――。

「……吐きそう」

「――え」

流れ的にもっとヒロインっぽい可愛いこと言うところじゃないのかよ、これじゃあゲロインじゃねぇか。

結局トイレに駆け込んだ光だったが、吐かなかったらしく、ただぐったりとしたままトイレから出てきた。

いっそゲロっちまえば楽になれただろう。

「ねえ、気持ち悪いからおんぶして」

「お前な、この歳《とし》になっておんぶって、恥ずかしくないのかよ」

「おーねーがーいー！」

「子供か……」

どうせ店の外に出たら周りに見られて恥ずかしくなって、「下ろせー‼」と言うに違いない。

それまでの辛抱だ。

でも――。

「おい、俺がこんなに寒い中汗かいて背負ってやってるのに、寝てないか？」

「……」

返事はない。

あるのはスピースピーという鼻息だけで。

「はぁ……」

駅に着いても起きなくて、流石にこのまま置いていくわけにもいかない。でも俺と光の乗る電車は反対方向……。

「くそ、面倒だな」

光の鞄《かばん》の横ポケットに入っていたＩＣＯＣＡと俺自身のＩＣＯＣＡをタッチして改札を通る。

駅員さんがニコニコしながら俺たちを見ているが、あの目には「仲の良いカップルだな～」みたいな温かさを感じる。

実際は凍えきった元カップルなんだけど。

椅子に座らせても、電車に揺られても、もう一度背負っても起きる気配はない。

腹立つな、置いていってやろうか。

付き合っていた時に何度も通った光の家の最寄り駅。

一年ぶりで懐かしい気持ちに浸りたいが、背中に光を抱えている状態で長い階段を上る俺にそんな余裕はない。

「起きろよ……！」

辛《つら》い俺の上に眠る光は、さっきからむにゃむにゃとなにか言っている。

半分起きてるんじゃあないだろうか。

寝言にしては話しすぎている。

「本当は、……違うの」

「なにがだよ……」

俺の言葉に対する返事はかえってこない。それが寝言だから。

酒に酔うと人が変わったようになる、とはよくあることだと言われているが、本当はその人の本性や本心が表に出てしまうのではないだろうか。

食っちゃ寝の光らしい酔い方だ。

「……デート中に、眠いって言わないで」

「夢の中で誰とデートしてるんだよ」

「ねぇ、美味《おい》しい？」

「なにがだよ、あんなに食べたのに、まだ夢でも食べてんのか？」

返事はするが、変わらず光には届いていない。

浅い眠りにつくことで夢を見ているんだろう。どんな夢なのか、さっきから寝言に繋《つな》がりがない。

「いつも全部食べてくれて、ありがとう」

「……」

「ごめんね」

「――」

なんとなく、聞き覚えのある言葉だと思っていた。

眠いが口癖の俺だ。

光とのデート中に眠いと言って、何度も怒られた覚えがある。

一度、自分といることをつまらないと思わせてるのかと、光が落ち込んでしまったこともあった。

そうじゃない。

ただ、一緒にいて落ち着くってことだったのに。

――ねぇ、美味しい？

いつも光が作ってくれたお弁当。

母さんはお弁当を作る手間が省けて喜んでいたし、その分光が家に来るたびもてなしていた。

でも、それはお世辞にも美味しいとは言えないもので。

嘘《うそ》で美味しいって言うだけでいいのに、光に嘘を吐《つ》くのはなんだか気が引けて。

――実はちょっと失敗したの、だから不味《まず》いかも……。

――大丈夫、いつもありがとう。

本当は美味しいと言ってやりたかった。

だから、せめて行動で示そうって。全部残さず食べて。

――いつも全部食べてくれて、ありがとう。

そうだ、全部憶《おぼ》えてる。

全部、過去に言われたことだ。

ただ一つを除いて。

――ごめんね。

これは、俺たちが二人とも言えなかったことで。

そんな昔のことを思い出していたら、気付いたころにはもう光の家の前に着いていた。

「おい、起きろ」

「え——？　わあっ！」

気付いた光は、俺から飛び降りる。

どうやらもう酔いはかなり醒《さ》めたらしい。

安心したが、俺はその衝撃で地面に転がる。

「あ、ごめん」

「痛《い》ってぇ……」

「ここまで運んでくれたんだ」

「お前が寝てたからな」

今度は光が差し出した手を握って立ち上がる。

いつもなら「余計なことしないでよ！　一人で帰れるわよ！」とか言いそうではあるが、やけに素直だった。

「ありがとう……。アンタの家逆方向じゃないの？」

「まあな、でもあんな状態のお前を置いていけるほど道徳心がないわけじゃないからな」

「私、その……変なこと言ったりしてなかった？」

変なこと。

それはさっきの寝言のことだろうか。

光はおそらく夢を見たことで、寝言で変なことを言っていなかったか、と聞きたいのだろう。

「言ってたよ」

「え……なんて？」

色々考えたが、あの寝言が光の本心だとは限らない。

正直にあったことを話しても、何にもならないし、俺の作り話だと思われるのも嫌で、適当に誤魔化《ごまか》した。

「食べきれなーい！　って。アホか、夢の中でも食ってんのかよ」

「なんだ……」

「なんだってなんだよ」

「別に！　ここまで送ってくれてありがとう。じゃあね」

光は俺に手を振る。

以前までだったらあり得ないことだ。

流石にここまで背負って帰ったことに恩を感じているんだろう。

「おう、じゃあな」

俺は同じように手を振って、駅の方へ歩き始めた。

さっきまで背中にあった体温がないだけで、こうも寒いのかと手を擦《す》り合わせて息をかける。

「――翔」

背後から掛けられた声に、体ごと振り向く。

ずっと、再会してから俺のことを『アンタ』と呼んでいたはずだ。

俺も、なんだか名前で呼ぶのは照れ臭くて『お前』と呼んでいた。

光がお前と呼ばれるのが嫌いなことは知っていたけど、どうしても名前で呼べなくて。

「なんだよ、光」

だから、俺も同じように、一年ぶりに、意識してその名前を呼んだ。

「気を付けて、帰りなさいよね」

目を合わせない。少し俯《うつむ》きがちにそう言った光の頰《ほお》が赤いのは、まだ残っている酒のせいなのか。

それとも――。

「ああ、ありがとう。おやすみ」

七話　マッチングアプリは恋の戦争である。

「藤ヶ谷《ふじがや》くんと一ノ瀬《いちのせ》くん、そろそろ上がっていいよ」

「翔《しょう》ちゃん、一杯どう？」

ビールジョッキをグイッといくような仕草でカウンターを指さす縁司《えんじ》。

まだ昼だし、このカフェにビールはないので、コーヒーのことだとは思う。

制服から私服に着替えて、カウンターに並んで座る。

賄いのサンドイッチを昼食に、この店の売りであるコーヒーもいただく。

「冬なのにアイスコーヒーなのな」

「夏はホットだよ」

「普通逆じゃないのか……？　変だぞ」

「翔ちゃんも僕のこと言えないよ。ハッシュドポテトのこと芋ぺったんって言うじゃん。

あれ変だよ」

「変じゃねぇよ。あれが世界共通語だ」

「外国人が言うわけないじゃん……イモペッタン!!　って」

　サンドイッチも食べ終え、コーヒーを一口飲んだ縁司はコネクトを開いて言う。

「近況は？　元カノちゃんと、初音《はつね》さんと……それともまた新しい人と進展あった？」

　初音心《しん》、ココロさんの本名。似合う。

　名前は本人からも聞いたが、呼び方は変わらずココロさんのままだ。向こうも、俺のことをまだカケルさんと呼ぶ。

　ココロさんは俺と縁司と同じ大学に通っていて、その美貌からマドンナ扱いを受けている。本人は避けられてると勘違いしていたが……。

「新しいのは別にない。初音さんとは一回出かけた、来週にまた約束してる」

　ココロさんのことは、縁司に伝わるように苗字《みようじ》で呼んだ。

　ココロさんとの近況を聞いて、縁司は少し膨れ顔になる。

「なんだよその顔、怒ってんのか」

「べっつに〜。初音さんとは平日毎日一緒にご飯食べてるの知ってるんだからね〜」

「だからなんでお前が怒ってるんだよ」

「別に!!」

　だったらそのツンデレヒロインみたいな態度をやめろ。俺は男とラブコメする趣味はない。

「あー、こないだ傘返して、そのままご飯行ったよ……それからお前にドタキャンされた日、偶然会ってな、その日も行ったよ。ドタキャンの詫《わ》びは高くつくぞ」

「その節は大変ご迷惑をおかけしました。でも僕がドタキャンしたおかげで元カノちゃんとご飯行けたんじゃないの？」

「べ、別に行きたいとか思ってねーから……」

「はいはいツンデレツンデレ」

「ツンデレじゃない!!」

コーヒーを一口飲んで、縁司はため息をつく。

「僕は翔ちゃんが羨ましいよ」

「なにがだよ」

「一年経《た》っても冷めない恋って、凄《すご》いことだと思うよ。その間会ってもなかったのに」

確かに、まだ二〇年しか生きていないが、光《ひかり》以上に誰かを好きになることなんて、ないと思う。

「僕も本気で誰かを好きになってみたいよ」

「前に言ってた子はどうなんだよ」

「うん、仲良くしてるよ。僕も来週会う予定。翔ちゃんは土曜日？」

「なんで知ってるんだよ」

「日曜日はシフト入ってたし、平日は大学でしょ？」

なんで俺のシフトを把握してるんだよ、俺でも自分のシフト憶えてないぞ。

「僕も土曜日だから、一緒だね。僕は三宮《さんのみや》でカフェ行こうって予定だよ」

「そうか、俺はまだ決まってない」

土曜日までにも、ココロさんには毎日会う。平日の食堂では二人で食事と会話を楽しんで、その時にでも土曜日の予定を決めようと思っていた。

「そっか〜、そうだよね、翔ちゃんは毎日初音さんとご飯食べてるんだもんね。その時決めればいいよね。僕なんかと食べるよりさ」

「何怒ってんだよ気持ち悪い」

「ひどい！」

最初は言葉もまともに発することのできなかったココロさんだが、今では俺よりはよく喋《しゃべ》るようになった。

『カケルさんって、どんな服装の女の子がお好きですか？』

もうコネクト内ではなく、ＬＩＮＥを使って会話をするようにもなった。

プロフィール写真がオムライスの俺は、そもそものマッチング数が少なくあまりコネクトを開くこともなくなっていた。

今では、光とのトーク履歴を見返したりするくらいだ。

一度は未練を断ち切ろうと決めたが、あんな寝言を聞かされたら、まだやり直せるんじゃないかなんて淡い希望を抱いてしまう。

でも、もう決めたことだ。

それに、もう謝ったからはい元通りなんて簡単なことじゃない。

俺たちには一年の空白が生まれてしまったんだから。

『別にこれといったものはないですよ。ココロさんの服装とか、男はみんな好きだと思います』

そんなことを聞いてどうするのか。

自分のファッションセンスが信じられなくなったのだろうか。

俺はココロさんのファッションを清楚《せいそ》で男子ウケのいい、センスあるコーディネートだったと評価している。

きっとそれは俺の好みとかではなく、客観的に見てもそう映るはずだ。

『本当ですか！　嬉《うれ》しいです。じゃあ土曜日のデートも頑張ってお洒落《しゃれ》していきます！』

ココロさんは、というか大体の大学生はそうだが、大学に来る時は基本的にラフな格好の人が多い。

だからか、ココロさんと大学以外で会うと雰囲気がかなり違う。

もしかして、俺と会うから気合い入れてくれたのか。そんなキモイことは考えない。

だって相手は大学内での有名人、マドンナだ。

ココロさんはただ人見知りを克服するために、他の人よりは少し話しやすい俺に協力を求めているだけだ。

俺は光との未練をきちんとなくせるまで、ココロさんと恋愛するわけにもいかない。早く、忘れてしまおう。

『楽しみに、していますね』

『俺も、楽しみです』

＊

『来週の土曜日、よかったら夕食でも行かない？　こないだドタキャンしちゃったから、お詫びに奢《おご》らせてほしいんだ』

マッチングアプリで一度デートした男からメッセージが来た。

あのドタキャンがあって私は翔と飲みに行くことになった。あの日は、楽しかった。

別に翔が好きだから楽しかったとか、そういうんではない。ただ、美味《おい》しいご飯と美味しいお酒があって、そこに家族の次に長く一緒に過ごしたヤツがいた。

翔のことは好きではないけど、良き理解者ではあるから。

ほんの少し容姿が優れていて、普段は塩対応なくせに私が落ち込んでる時はすぐに気付いて優しくしてくれて、どれだけ不味《まず》い料理でも絶対に完食してくれる、ただそれだけの、普通の男だ。

色のない退屈な平日を乗り越えた先、土曜日。

普段ならカフェでのアルバイトがあるが、今日は偶々《たまたま》休みで、偶々誘ってきたイケメンとデートをする。

昼に待ち合わせして、カフェに行ってから夜はドタキャンのお詫びにお寿司《すし》を奢ってくれるらしい。

「お待たせ」

「あっ、おはようアカリちゃん！」

駅で私のことを忠犬のように立ったまま待っていたイケメンは、辺りをキョロキョロと見回して私を見つけると満面の笑みで駆け寄ってくる。

なにこの子、可愛《かわい》い。

これが俗にいう犬系男子というヤツだろう。

私は長く太々《ふてぶて》しい猫系彼氏の面倒を見てきたから、新鮮さを感じる。

「じゃっ、いこっか！」

「うん」

気配りや話し方やこの優れた容姿から出る甘い言葉。

計算され尽くしたモテ学という感じだ。でもこれが演技なのか、元からこういう人柄なのかは、対面している私ですらわからない。

この男は絶対にモテる。

だからこそ、要注意だ。

モテる男が異性を求めてマッチングアプリをする理由など、だいたいヤリモクに決まっている。

元カレへの未練を断ち、詫び寿司をしっかり手に、いいや腹に入れたころには本性を出すだろう。きっとホテルに誘ってくるんだろうな……。

「ここ、お洒落だよね～。オムライスが美味しいんだって、友達に教えてもらったんだ」

男が連れてきてくれたのは、何度も翔と行ったカフェ。

再会した日も行った。

懐かしくて、嬉しかった。またここに、一緒に来られたんだ、と。

「アカリちゃんは来たことあるの？」

いつからか、私はなにを楽しんで生きているんだろうと考えるようになった。別に病んでいるわけではない。

ただ漠然と、生きるとは、とか考えて。

再会したあの日に気付いた。私の日常は、翔のおかげで楽しかったんだと。

なにをするにもつまらなかったのは、翔が隣にいなくなったからなんだと。

「あるよ。何度か」

「そうなんだ。ちぇ～、せっかく穴場だと思ったんだけどな～」

「私の友達もあんまり知ってる子いないし、結構穴場だと思うよ。初見じゃカフェに見えないみたい」

「あ～、外から見たらジャングルだもんね」

オムライスにスプーンを通して、口へと運ぶ。

美味しい。でも、足りない。

翔、今頃何してるんだろう。

＊

土曜日は快晴だった。

今日はココロさんとのデートだ。

大学以外で会うのはこれで二回目になる。

今日のデートプランは三ノ宮《さんのみや》駅で待ち合わせ、ポートライナーに乗り換えて都心からは少し離れたポートアイランドに向かう。

ポートアイランドにあるスポーツセンターでアイススケートをすることになっている。

どうやらココロさんは幼いころからアイススケートを習っていたらしく、それなりにできると言うので、運動不足解消のためにも教えてもらうことにした。

「カケルしゃん……!!」

スケートをする時はパンツで来るのが常識らしい。

改札からパタパタと走ってきたのは、いつものスカートやワンピースといった女の子らしい服装とは違う、パンツスタイルのココロ……しゃん。

まだ五回に一回くらいは嚙《か》んでしまうようだ。

特にサ行が苦手らしい。嚙むのは大体サ行だ。

「おはようございます、ココロさん」

「おお、おひゃようごじゃいます……!!」

前言撤回。二回に三回嚙む。そしてサ行、ハ行、ザ行が苦手らしい。

「じゃあポートライナーに乗り換えましょうか」

「はい!」

JR三ノ宮駅からエスカレーターで上がり、ポートライナーに乗り換える。

ポートアイランドは神戸《こうべ》港内に作られた人工島で、地元の人間はポーアイの略称で親しまれている。

UCCコーヒー博物館や神戸どうぶつ王国などのデート向き娯楽施設があって、結構人気がある。

個人的にはポートアイランド北公園から見る、夜のライトアップされた神戸大橋が好きだ。

ポートライナーに乗って、市民広場駅で降りる。

少しだけ歩いた先にあるのが、スポーツセンター。

アイススケートをする時は手袋が必須になる。

それは単純に寒いからというのもあるが、転倒した際、スケート靴の裏に付いている刃で手を切らないためだそうだ。

ココロさんから予《あらかじ》め聞いていたから、手袋は忘れずに持ってきた。

一応忘れた人のために販売もしているらしい。

動きやすい服装で来ることも忘れてはならない。

そして、最後にスケート靴だが……。

「なんだこれ、結び方わかんねぇ……」

結び方が難しいと聞いていたから、昨日結び方の動画をしっかり見てきたのに、それでもさっぱりわからない。

実物で結ぶのと、動画で見るだけなのとでは全然違う。

でもスケート用の靴が家にあるわけもなく。

「どうしよう……」

スケート靴に履き替える他にも、動きやすい服を別で持ってきた人のために用意された更衣室。

ロッカーに荷物を預けて、スケート靴に履き替えようとしたが、このままでは長いことココロさんを待たせてしまう。

大人しく諦めて、結び方をココロさんに聞こう。

靴を手に持ち、仕方なく靴下のままリンク横に向かう。

そこには既にスケート靴に履き替え、心配そうに男子更衣室の出口を見ているココロさんの姿があった。

「あ、やっぱりダメでしたか……」

どうやら俺はやってもできない子認定されていたらしい。

「いや～、ちゃんと予習はしてきたんですけどね」

「私も結び方を覚えるのに五日くらいかかりましたから」

たしかココロさんがスケート始めたのって、まだ小学校一年生だったころって言ってた気がするが……。

「ちょっと座ってください」

「え、はい」

促されて近くにあったベンチに腰掛ける。

その俺の正面、しゃがみ込んだココロさんが、俺の腿《もも》に触れて。

「えっ」

「足、上げてください」

「あ……」

勝手に変な妄想をしかけたが、どうやら代わりに結んでくれるらしい。

人見知りとか言ってるけど、こういうふとしたボディータッチはできるのやめてほしい。

普通に、ドキドキする。

「足を捻《ひね》らないように、しっかり足首にも紐《ひも》を回して結びます」

慣れた手つきで紐をくるくると回して結ぶ。

細くて白い指は、普段と違って少し逞《たくま》しく見えた。

「はい、できました！」

「ありがとうございます」

「いえいえ、さあ、行きましょう！　手を貸しますよ！」

スケート靴は靴裏にある刃だけが地面との接地面になる。故にバランスが取りづらく、氷の上でなくとも転ぶことはある。

人生で初めてスケート靴を履く俺は特に、歩き方もわからない赤子のような扱いをされても、恥ずかしいからやめてと言える余裕もない。

「リンクの上は想像以上に滑るので、気を付けてくださいね」

「はい、充分気を付けて……うわっ！」

ツルツルのリンクに足を着けた途端ドタバタと暴れて、咄嗟《とっさ》にココロさんの腕を摑《つか》んでしまう。

「お、落ち着いてくださいカケルさんっ!!」

「おっおっおっ！　落ち着きまっ、あっ！」

そして、充分に気を付けた結果、俺のお尻はリンクの氷で冷やされた。

「ごめんなさい、巻き込んじゃって」

「いえ、私が支えてあげられればこんなことには……」

明らかに俺のミスなのに、自分のせいにしてしまうココロさん。

ココロさんは俺に引っ張られて、前に倒れてしまった。今は俺に覆いかぶさるように倒れている。

そして、そのことに気付いたココロさんがどうなってしまうのか、俺には容易に想像できた。

「あわわわわ……!!」

さっきの俺と同じくらい慌てたココロさんは、俺から離れるように後ろに飛び跳ねて、そのままドタバタと暴れて……。

「あいたっ！」

尻餅。

「……」

「……ふふっ。二人して……」

「転んじゃいましたね、ははは」

お互い尻餅をついて、目が合う。

初《しょ》っ端《ぱな》から転んでしまったが、正面で堪《こら》えきれなくなって笑うココロさんを見る限り、楽しくはあるみたいだ。

それから一時間ほど壁に手をつきながら滑ってみて、とりあえず一人でもなんとかなるところまでは上達した。

壁から手を離し、縦三〇メートル横六〇メートルのスケートリンクを滑っていく。

まだ、ゆっくりと進むことしかできないが、確かに一人で進んでいる。

「凄《すご》いですカケルさん！　もう一人で滑れてますよ！」

「あうんあうん！」

まともに会話できないほど下半身に集中していて、必死すぎる俺はココロさんの声にセイウチ語で返してしまう。

そんな俺を見てクスッと笑うココロさんは、正面に滑り込んできて、俺の手を取る。

「カケルさん、セイウチではなくて、ペンギンになりきってください。最初は滑らなくてもいいんです。ペンギンのように逆ハの字で一歩ずつ歩いて行きましょう」

最初に教わったペンギン歩き。

確かにこれをすると安定感がグッと上がる。

これだけをしていれば間違いなく転ぶことはないだろう。

「そして慣れてきたら、その歩き方のまま足を滑らしていきます。膝を少し曲げて、体の重心はそうですね……親指の付け根辺りでしょうか」

ココロさんの言う通りにすると、安定感は増して、更には氷の上を滑らかに移動することができた。

「ココロさん！　俺今滑ってますよ！」

「はい、上手です。では手を放しますね」

後ろ向きのまま滑走するココロさんは、ゆっくりと俺の手を放し、後ろ向きのまま離れていく。

ココロさんの教えを守りながら、ゆっくりと、焦らずに進んでいく。

無事にコースを一周できたところで一旦壁に手をつく。

無人島から生還したような安心感があった。

まあ無人島に漂流した経験はないが、あくまでたとえだ。

「カケルさん、本当に上手です。私が壁から手を離せるようになったのは五日目でしたよ」

だからそれは小学生の時でしょう。それとあなた五日目に色々成長しすぎ。なにか覚醒イベントでもありましたか。

「少し休憩しましょうか、疲れましたよね」

時間にして一時間と少し、いくら運動不足と言っても、まだまだ俺は若い。

こんなことで疲れたなんて言ってられるか、とも思いたいが、正直下半身はさっきから震えている。

「これは間違いなく明日筋肉痛ですね……」

「そうですよね、立っているだけでも普段使わない筋肉を使っているので、初めてした人は大体翌日動けなくなります」

にっこり微笑《ほほえ》んでヤバいことを言う。

明日はバイトだがまともに動けないかもしれないな……。

縁司に全部任せて俺は座っていよう。

疲労のたまった足を揉《も》んでいた俺の前では、ココロさんが瞳を輝かせてスケートリンクを見ていた。

「滑ってきていいですよ。俺はここで見てますから」

「本当ですかっ……!!」

ずっと、俺のために我慢していてくれたのだろう。

これまで見たことないくらいに機敏な動きで、スケートリンクへ向かって行くココロさん。

「滑りたかったんだな……」

スケートリンクに足を踏み入れる瞬間はしっかりとその高揚感を押し殺して、ゆっくりと入っていく。

自分が転ばないためというのもあるが、他にも滑っている人はいるので迷惑をかけないためだろう。

ココロさんはスケートリンクに入って、まずは一周、ただコースを普通に滑った。

俺よりも遥《はる》かに速い速度での一周だったが、俺の「なんとか一周」ではなく、ココロさんは「とりあえず一周」という感じの、慣れている安定した滑りだった。

でもその一周を終えると、楕円形《だえんけい》の周回エリアから一気に外れて、誰もいない中心へと滑りだす。

縦横無尽にリンク内を踊り、舞う。

跳ねてみたり、回ってみたり、テレビでしか見たことのなかった景色が、目の前に広がっていて。

昔から、フィギュアスケート選手の凄さが映像ではイマイチ伝わってこなかった。

でも、自分でやってみてよくわかる。

氷の上でジャンプするのが、どれだけ難しいことなのか。

ただ後ろ向きに滑るために、どれだけ練習を重ねなければいけないのか。

ただ後ろ向きに滑るだけでも難しくて、ましてや滑るだけで見る人を魅了するのが、どれだけ感動的なことなのか。

「兄ちゃんの彼女凄いね～」

「え……あ、はい」

知らないおじさんが言う。ここのお客さんだろう。

彼女ではないとわざわざ否定する必要もないと感じ、とりあえず頷《うなず》いておく。

一頻《ひとしき》り滑ると周囲から注目されていることに気付いたココロさんは、顔を真っ赤に染めてこちらへとゆっくり滑ってくる。

「私なにかしちゃいましたか……？　凄く見られてたんですけど……」

無双系のラノベ主人公みたいなセリフを言いながら俺の隣に座ったココロさんは、無意識か、俺を壁のようにして隠れる。

手が背中に触れて、少し震えているのが伝わってくる。

「凄く綺麗《きれい》でした。だからみんな見ちゃうんだと思います」

「きききき……!!」

言ってから、こんなことを言えば更に動揺してしまうことに気付いたが、もう遅く、ココロさんの頭から湯気が上がる。

「ココロさん⁉　湯気出てる!!」

「は、はうぅ……」

室温一〇℃くらいのはずだけど、どうやって湯気出すんだよ。

「ほら、一緒に行くんで滑りましょうよ」

「は、はい……」

本当は滑りたいんだろう、手を引いてやると少し嬉《うれ》しそうに笑った。

もちろん、リンクの中に入ると手を引かれるのは俺なのだが……。

その後も三時間ほど滑り、営業時間が終わるころには一人でも難なく滑ることができるようになっていた。

「兄ちゃん今日が初めてか？」

「はい」

話しかけてきたのはさっきのおじさんだった。

隣にいるココロさんは「誰だろう？　知り合いの方でしょうか？」という顔をしている。

「その割には上達が早いな、恋人の教え方が上手《うま》かったのかな！」

「ががががっ……!!」

「あ――――!!」

あの時適当に返事をしたのが徒《あだ》となる。

ココロさんはエラーを起こして故障した機械みたいな声しか出ていない。

俺もまさか目の前でそんなこと言われると思っていなくて、かなり焦ってしまった。

おじさんの声をかき消すように声を出したが、もうココロさんには届いてしまっていて、無駄だった。

「あ、ごめん、言っちゃまずいこと言ったか？」

「いえ、大丈夫です」

ココロさんがいないところで俺が勝手に恋人を名乗っていたなんて恥ずかしい。おじさんの勘違いを正すのが面倒だっただけなのに、まさかこんなことになるなんて、恥ずかしすぎる。

おじさんは気まずくするだけしておいて先に帰っていった。あの野郎。

俺たちはスケート靴を履いたままカツカツと刃で歩いてそれぞれの更衣室に入っていく。

更衣室で靴を履き替えて、受付で会う約束をして。

少し冷える更衣室で、赤くなった指先に息を吐いて温める。温めた手で、ロッカーに預けていたスマホを確認すると、二件のＬＩＮＥが来ていた。

『えんじくんさんから新着メッセージが届いています』

画面に表示されているその文字の下に、もう一つ通知があった。

『えんじくんさんが画像を送信しました』

「画像……？」

どうせくだらないことだろうとは思ったが、そういえば縁司も今日はコネクトで知り合った女の子とデートすると言っていたことを思い出す。

ＬＩＮＥを開き、笑顔でコーヒーを持っているアイコン写真、縁司からのメッセージを開封する。

「え……」

表示されていたメッセージ内容は特に大したことはない、聞いてもいないのにいつも来る近況報告LINEだった。

『見て見てー、翔ちゃんが言ってたオムライスのカフェ来たよー』

でも、そこに付いていた画像には、オムライスの向こう側――、昔俺が光にあげたのと同じトートバッグが写っていて。

『縁司、相手の女の子は?』

『この時はお手洗い行ってたからいなかった! 今は隣にいるよ』

嘘《うそ》だろ、そんな偶然、あるのか――?

『どんな子なんだ?』

『良い子だよ、ちょっと本気で頑張っちゃおうかなー』

俺は、そんなことが聞きたいんじゃない。

縁司は人といるのが好きで、特にカフェ巡りや美術館巡り、映画など、趣味が女の子の方が合うという理由から友達作りのためにコネクトをしていると言っていた。

でも縁司はイケメンだ。おまけに女心もよくわかっている。

縁司にその気がなくても、女の子はそうじゃない。

そんな縁司が本気で狙うとなれば……。

スマホに『今どこだ?』と打ち込んでから、削除する。

もし仮に、縁司のデート相手が光だったとして、俺はどうするつもりだ。

今更、元恋人の新しい恋を邪魔してどうするつもりだ。

俺はもう光とは別れて、新しい恋を探そうって。

それに光だって、新しい人がいるって、言ってて。

俺も今まさに、恋愛とは少し違うかもだけど、ココロさんとデートしてるんだ。

スマホを閉じて、受付に向かう。

これ以上ココロさんを待たせるわけにはいかない。

それに、ただトートバッグが同じなだけだろう。人気のブランドだ、珍しい話じゃない。

「お待たせしました」

「いえ、私も今来たところです」

無言のままスケート場を出て、ポートライナーの駅を目指す。

さっきのことで少し気まずい空気が流れている。足音とポートライナーが走る音だけが、響いていて。

「あの……、カケルさん」

「……はい」

「私たち、勘違いされてましたね」

「へっ？」

そうか、そうだった。

あの状況だと、ココロさんは、俺たちが恋人同士だと勘違いされたとしか思わないわけだ。

じゃあ別に気まずくなる必要なかったんじゃないか……。

「恋人同士に見えるんでしょうか……。私なんかが、カケルさんみたいな素敵な人の恋人に……」

「私なんかって、ココロさんはとても素敵だと思いますよ」

お世辞でもなんでもない。

これまでの数十日、平日は一緒にランチして、二回のデート。

もうかなりココロさんの人柄は理解したつもりだ。

とても「私なんか」という言葉が似合う人ではない。

「嬉しいです。私、カケルさんのおかげで変われたんです。最近では正面を見て歩くようになりました。少し猫背気味だったんですけど、おかげで直りましたし……、その、だから、これからも、私と仲良くしてほしいなって……」

確かに、初めて会った時と比べれば変化を感じる。でもそれは内面的な部分だと、俺は感じている。

そんなに猫背だったイメージはあまりないが、よく笑うようになったとは常々感じている。

「もちろん、俺でよければ」

「ありがとうございます……。この後は、どうしますか？」

言われて、頭に浮かんだのはさっきの縁司からのＬＩＮＥ。

ココロさんが夕食のことを言っているのはわかっている。すぐに振り払って、検索しようとスマホを開いて。

「……ぁ」

「どうかしました？」

「いや……」

縁司からのメッセージが来ていた。

開かなくてもいい。後で見ればいい。とは思ったが、気付いたころには開いてしまっていて。

『ほら見て、可愛《かわい》いでしょ』

そのメッセージに添えられた画像は、縁司と光のツーショット。

やっぱり、光だったんだ。

縁司はいつもの満面の笑みだが、光は少し硬い笑顔だった。作っている、そんな言葉が浮かぶ笑顔で。

『今どこだ？』

『前に翔ちゃんに行こうって誘ったお寿司屋《すしや》さんだよ～、今入ったところ』

場所はわかる。

ポートライナーで三宮駅に行って、走れば一〇分もかからない。

でも、今はココロさんとのデート中で――。

「なにか、用事でもできましたか？」

様子がおかしいと察したのか、ココロさんは問いかけてくる。

「俺、行かなきゃいけないところがあって……」

デートを抜け出して他の女に会いに行くなんて、あり得ないことだとは充分に理解している。でも、俺はこの気持ちをはっきりさせる必要があると思った。

光への未練を残したままココロさんとデートするのは不誠実なことだ。ココロさんにその気がないとしても、もう俺たちは二十歳《はたち》を超えた大人。

完全に友達だと言いきってもいない今の状況で、元恋人への未練を持ったままなのは、騙《だま》しているようで罪悪感もある。だから——。

「行ってください。急ぐなら早くポートライナー乗っちゃいましょう！　私足遅いので、先に行ってもらって構いませんから！」

「いや、でも……」

「ほら早く、行ってください。カケルさんの気持ちを、きちんと整理してきてください」

まるで俺の内心を読み取ったような発言に驚く。

何も追及しないままで、声は少し震えているようにも感じた。

「また月曜日、学校で会いましょう」

「ごめんなさい、ありがとう……」

ココロさんは俺の背中を押して、駅の方に走らせる。

その表情はこれまでにないくらいの満面の、作ったことがまるわかりな笑みだった。

＊

昔から、人と話すのが苦手だった。

始まりは小学一年生の時、幼稚園から上がって周囲には知らない人ばかりの環境で、友達作りに失敗して、孤立してしまったことからだった。

そのころから人見知りだった私は、目にかかる前髪、曲がった背筋、張れない声で、「オバケみたい」、「おばあちゃんみたい」と傷つくことを沢山言われて、国語の授業では音読もまともにできずに、クラスの男の子にバカにされる日々。

小学校を卒業するころには、私は立派ないじめられっ子になっていた。

中学校からは新しい自分になる。

そう決めても、六年間も根暗だった私なんかが急に変われるわけもなくて。

小学校の延長で、また中学三年間の学生生活を独りで過ごした。

どうすれば変われるのか、沢山悩んだ。でもわからなくて、頼れる人もいなくて。

仲の良いお友達でもいれば、相談に乗ってくれるのだろうか。

高校生になるころには、私は孤独に慣れてしまっていた。

それもそのはずだ。

小学校、中学校、合わせて九年。

ずっと独りでいれば慣れる。

でも、慣れても独りのままでいたいとは思わなくて、ずっと私は渇いていて――。

「あの、これ落としましたよ」

そんな渇いた私の心に、一滴の雫《しずく》が落ちるように、彼の声は響く。

「あ、あ……」

家族以外とまともに話すことがなくて、それも咄嗟《とっさ》のことで反応ができなくて。

「あ、ごめんなさい。今日試験なのに、『落とした』とか言っちゃって。でももう俺が拾ったから、落ちたりしないです。安心して」

そうじゃない。ただ嬉《うれ》しかったから、慣れてなかったから――。

「それじゃあ」

「……まっ」

待って。なぜ止めようとしたのか、止めてどうしたかったのか、わからない。

渇きが潤う感覚が嬉しくて、また潤して欲しかったのか。

その答えが出たのは、数時間後だった。

大学の入試を終えて、帰りのバスに乗ろうと列に並んでいる時だった。

バスを待っている間の退屈な時間に、私は周囲にいる人に目を向けていた。

昔から友達がいない私は、暇を見つけては人間観察をすることが癖になっていた。でも、
この時は違う。

私は、探していた。

無意識に、彼を探していた。

同じ時間に終わっているだろうから、いてもおかしくはない。

同じ大学に通うことになるのか、そうなれば嬉しいなと、今日会ったばかりなのに、まともに会話にもなっていなかったのに、どうしてか気にしてしまって。

「あれ、今朝の」

「ひゃっ!?」

背後からかけられた声に、突然のことで変な声が出てしまう。

「バスですか？」

そうです。

そう言おうとしても、声が出ない。

言わなくちゃいけない。

何を？

そうです、と。

違う。

じゃあ何を？

一人で葛藤して、言いたい言葉を探す。

そうこうしている間に、気付けば目の前にはバスが停《と》まっていて、扉が開いて私を急《せ》かす。

「……ありがとうございます!!」

考えて考えて、ようやく出た言葉はありがとうだった。

その言葉を捨《す》て台詞《ぜりふ》にして、私はバスの中へと逃げ込んでしまった。

本当はもっと、お話ししたかった。

本当はもっと、仲良くなりたかった。

でも、今朝言えずにいたハンカチを拾ってもらったことへの感謝を伝えられたのは、よかった。

また会えたら、次は友達になれるだろうか。

また、会えるかな。

大学には無事に受かって、入学式。

沢山の人が集まって部活やらサークルの勧誘をしていて、何度か私も声をかけられる。

「ねぇねぇ君〜、テニスとか興味ない？　かっこいい先輩沢山いるよ〜」

「しゅびましぇん!!」

言えた。

ちゃんと断ることができた。

会話は、できている。

人混みから抜け出て、勧誘の人がいない安全地帯まで逃げてきた。

その場所では鯉《こい》が飼われていて、小さな池に水が勢いよく流れる音がする。

目の前には金髪のお兄さんたちが五人で輪になって話していて、とても私が近づける雰囲気ではない。

でも戻れば勧誘の嵐。

どうしたら……。

「君新入生だよね、俺らのサークル入んない？」

「おいおい要らねぇよそんな芋女」

お兄さん方は私を囲うように会話を続けて。

「あれ、でも意外と可愛くね？」

「前髪で顔見えねぇよ」

どうしよう、逃げなくちゃ。

でも足が震えて動けない。

絶望的な状況で、一滴の雫が落ちる音を聞いた。

聞き間違いではない。確かに、聞いた。

雫の音と同時に、背後から声をかけてきたのは、あの時の彼だった。

「あれ、もしかして――」

「やっぱり！　久しぶりですね！」

「あ、あ……」

恐《こわ》いお兄さんたちの間を縫って入ってきて、私の手を取った彼は、そのまま恐いお兄さんたちの円から連れ出してくれて――。

「なんかやばそうな雰囲気だったんで連れてきちゃいましたけど、よかったですか？」

少女漫画や恋愛ドラマでよく見る展開。

こんなお決まりの展開に巻き込まれることが本当にあるのか、そして、そこで助けてくれた人が、ずっと会いたかった人だなんて。

「あ、ありがとうございました……」

嚙《か》まずに言えた。

でも、私は咄嗟に走って逃げてしまう。

だって、見えてしまったから。

彼が右手に持っていたスマホのホーム画面、彼と可愛《かわい》い女の子が二人で写っている写真。

やっぱり、彼みたいな素敵な人にはもう恋人がいてもおかしくない。

それも、あんなに可愛い人だ。

私なんかより、よっぽどお似合いだと思う。

でも、やっぱり少し悔しい気持ちもあった。

これまで出会ってきたなかで、彼だけだったから。

私の渇きを潤してくれたのは——。


少女漫画でもそうだけど、良い出会いは突然やってくる。

だから、また彼みたいな素敵な人に出会えた時、私は今のままじゃだめだ。

もっと、磨かなきゃ。

変わらなきゃ。

見た目も、中身も、可愛くなるために沢山努力した。

人と目を合わせなくてもいいようにと伸ばしていた前髪も、俯《うつむ》いてばかりだった姿勢も、まともに会話も成り立たないコミュニケーション能力も、全部、変えてみせる。

これまではママに切ってもらっていた髪は、勇気を出して美容院に行くことでいくらか良くなったと思う。

前髪も目にかからないようにしてもらった。

美容師さんにメイクのやり方も沢山教えてもらって、動画を見たりして練習も頑張った。

姿勢は筋トレをすることでいくらかマシになったし、少し自信もついて。

ただ、コミュニケーション能力だけは、練習相手がいなくて苦戦した。

いつも行くコンビニで店員さんにお願いしますとありがとうございましたをしっかり言う。近所でいつも挨拶してくれるおばあちゃんに自分から先に挨拶をする。

最初は難しかったけど、ちょっとずつできるようになって。

入学から一年以上が経《た》って、二回生になったころ。

知っている人としか話す練習をしてこなかったことから、初対面だと自分から全然話せないことに気付き、私は次のステップに出た。

マッチングアプリだ。

もっと沢山の人と話せば、きっと人見知りを克服できる。

そう考えて、インストールしてみた。

あわよくば、恋愛だってしたい。

昔から、恋愛には強い憧れがあった。

少女漫画と恋愛ドラマが好きで、でも小学校と中学校、高校でも友達すらいなかった私には、無縁で。

だから、彼みたいな素敵な人を探して。

沢山の人とマッチしたけれど、いざ会ってみようと言われると緊張してしまって、今は忙しいからなどと言い訳をして逃げてしまう。

そんなある日だった。

私は沢山の人と話すことも目的としているから、頂いた「いいね」には全て「いいね」を返していた。

プロフィール写真がオムライスの写真でも、そうしていた。

「もしかして、ココロさんですか？」

突然かけられた声。

声をかけてきたのは隣に座っていた男性。

その男性は、入学式の時に助けてくれた彼だった。

彼は私があの時助けた女の子だとは気付いていないようで。

なにより気になったのは、彼が私がコネクトで使っている名前で呼んできたことだった。

そして、私のスマホには『カケルさんから「いいね」がきました』という通知。

そう、私はマッチングアプリで彼と再会した――。

いいや、彼ではない。――カケルさん。

やっと、名前を知れた。やっと、知り合えた。

コネクトのプロフィール文には、一年ほど前に彼女と別れたことが書かれていた。

だったら、私にも少しはチャンスがあるのかもしれない。

沢山努力して可愛くなって、彼に見合う女の子になれば――。

でもそのためには、今できたこのチャンスを逃すわけにはいかない。

なにか理由を付けて、これからも話すきっかけができれば。

「ココロさんがコネクトを始めたのって、もしかして人見知りを克服するためってのもありますか？」

「そ、そう……です。ずっと直したいって、思ってて、でも……難しいです……。か、カケルさんは……？」

ここで、言えれば。

克服するために、私のお友達になってくださいって。

でも二〇年友達のいない私にはそんなことすら頼めなくて。

「そ、そうなんですね。良い人には出会えましたか？」

ただ、なんとなく聞いたつもりだった。

「それが、元カノと会ったんですよね」

あの、入学式の時に見た写真の子だ。あんなに可愛い子には勝てないと思ってたから、別れたことをアプリのプロフィールを見て知った時、カケルさんには悪いけど、嬉《うれ》しかった。

でも、その元恋人の話をする時のカケルさんは、明らかに作り笑いだとわかる笑みを作って、笑い話のように明るく話そうとする。

その姿が、余計に未練を感じさせて。

「未練は、なかったんですか？」

「ない、ですよ」

つい、聞いてしまったことを後悔した。

未練というワードが出た途端、カケルさんの表情が凍ったように悲しくなって、そこに未練がないとは、当人ではない私ですら嘘《うそ》だとわかってしまったから。

カケルさんは、一体どういう感情なんだろう。

本当に未練がないとは、とても思えない。

自覚していて、自分に未練などないと言い聞かせているのか。

それとも、未練に自覚がなく、無意識にまだあの彼女さんのことが好きなのか。

どちらにしても、そこに私の入る隙なんてないように感じてしまった。

「こんにちは、ココロさん」

「こ、こんにちは、カケルさん」

翌日も同じように挨拶をしてくれて、一緒に食事をしてくれた。

だから、今度こそって、勇気を出して。

「じ、実はカケルさんにお願いがあるんです」

「なんですか？　俺にできることなら聞きますけど」

「かかか、カケルさんさえよければ、こうして一緒にお昼ご飯を食べたり、そ、その、お出かけしたりとか……してくれませんか？　も、もちろんお昼はご馳走《ちそう》しますかりゃ！あ、はう……」

やった、言えた。言えてないけど。

カケルさんにとっては迷惑な話かもしれない。

昨日会ったばかりの女の子に、いきなりそんなお願いをされて。

だからせめて、お昼をご馳走する。そうすればカケルさんの時間を買うということになる。私に関わってあげるバイトのように思ってもらえれば、カケルさんも受けてくれると思ったから。

「俺も男だしもちろん例外じゃないけど」

カケルさんは少し考えてから、そう切り出す。

「ほら、マッチングアプリってヤリモクだとか、変な人もいるわけじゃないですか」

「はい……」

もちろん、私だって知っている。

マッチングして一通目に「会おうよ」だとか「LINEで話さない？」と言ってくる人は危ないって、ネットで学んだ。

ヤリモクの意味がわからなくて、それも調べて、他にも怪しいビジネスの勧誘だとか、ホストさんの営業だとか、恋愛以外の目的で利用している人が沢山いることも知っていた。

「だから、もうちょっと警戒した方がいいんじゃないですか？　俺たちまだ会うの二回目だし」

「そう、ですよね。私たちまだ、二回しか会ってないんですもんね」

「……」

本当は、もっと会っている。

カケルさんは、いつも同じ教室にいた私に気付いていなかった。

私に、興味がなかったんだと思う。

でも、私は違う。

初めて会ったあの日から、ずっとカケルさんを目で追ってしまって。

だから、カケルさんにとっては二回目で、よく知らない女の子でも、私にとってはそうじゃない。

カケルさんを見てきたから、知っている。

知らない人を助けられる、優しい人だって。

「でも、――カケルさんはそんな酷《ひど》い人じゃないって、私わかります」

顔が、体が熱い。

今自分の顔が真っ赤になっていることが容易に想像できて、そう考えると余計に恥ずかしくて、熱くなって。

「わかりました。でも食事を奢《おご》るとか、そういうのはやめてください。平等でいましょう」

ああやっぱり。カケルさんは優しくて、素敵な人だ。

「ちょ、ちょっとなに笑ってるんでしゅか……!!」

私の言葉を聞いて、更にはお腹《なか》を抱えて笑う。

「ははっ、でしゅ、って。はははっ」

これから楽しくなりそうだなと、少し、いいやかなり、ワクワクした。

人生初の男の子と二人でお出かけ。

「お待たせしました……！」

と謝罪すると、「俺も今来たとこですよ」と、少女漫画などで聞いたことのあるセリフを聞けて、少しココロの心が躍った。

お洒落《しゃれ》な食べ物には、食べる前にカメラを向ける。そんな少女漫画で学んできたデートテクを実践したり、肉まんと胡麻《ごま》団子、どちらにしようか悩んでいる私に、食べ物のシェアという嬉しすぎる提案もしてもらった。

お洒落なアパレルショップで眼鏡の試着もした。

どうですか、なんて聞いて笑い合って。

クレーンゲームで私のために頑張ってぬいぐるみを取ろうとしてくれた。取れなかったけれど、その気持ちが嬉しかった。

まるで、恋人同士みたいに思えて、凄《すご》く幸せで。

「こちらのニットなんて、彼女さんによく似合いそうじゃないですか〜⁉」

実際に恋人だと間違えられたりもして。

洋服屋さんと美容師さんはみんな話しかけてくるから苦手だったけれど、この時ばかりは好きになれた。

あのお洒落で人気者しか行ってはいけないと私の中で話題のスタベにも連れて行ってもらった。

抹茶のフラポチーノをマッチョの平手ホチーノと、恥ずかしい噛《か》み方をしたけれど、それを大事に持って海が見える場所を歩いて。

本当に楽しくて、幸せで。

「よければまた、私と………デート、してくれますか？」

勇気を出して「デート」という言葉も使った。

カケルさんは私と違ってデートという言葉に動じなかったけれど、私は心臓の音が自分の耳にも届くくらいには緊張した。

最初はただ、渇きを潤してくれる存在という認識だった。

お友達になれれば嬉しい。それだけだったはずなのに、気付けば私はカケルさんのことばかり考えて。

「俺、行かなきゃいけないところがあって……」

スケートが終わってから、様子がおかしかった。だから、そう告げられた時は、ああ、やっぱりか。と思った。

やっぱり、まだ元恋人のあの子を忘れられないでいたんだ。

本当はもっと一緒にいたかった。

でも、このままいても、ふとした瞬間にカケルさんはその子を思い出してしまう。

だから、今は私の願望よりも、カケルさんが辛《つら》い思いをしなくていいように、きちんとその気持ちにケリをつけてきて欲しかった。

もしそれで、私が選ばれなかったとしても、もう私はカケルさんに沢山のものを貰《もら》ったから、それだけで充分幸せ者だから。

「ごめんなさい、ありがとう……」

最後は笑顔で、カケルさんの背中を押した。

決めるのは、カケルさん自身だから、私はその答えを尊重する。

そう決めて送り出した背中を見送った私の心には、キュウッと締め付けられるような感覚があった——。

八話　マッチングアプリで元恋人に再会できた。

　コネクトで知り合ったイケメンと、二回目のデート。

　最初は夕食だけの約束だったけれど、ドタキャンされた。

　そのお詫《わ》びと言って、今日は正午に待ち合わせてカフェ、夕食もお寿司《すし》を奢ると言われた。

　お寿司を奢ってもらえるなら、もちろん断る理由などない。

　それに私は、もう忘れなければいけないと考えていた。

　翔《しょう》にはもう新しい相手がいるから。もっと早くに謝れたら、こうはならなかったかもしれない。でも私から歩み寄ることなんてできなくて、翔だってそうしてくれるわけなんてないから。

「え、ここ？」

　連れて来れられたのは、翔と何度も来たあのカフェだった。

「ここ、お洒落だよね～。オムライスが美味《おい》しいんだって、友達に教えてもらったんだ。アカリちゃんは来たことあるの？」

「あるよ。何度か」

「そうなんだ。ちぇ〜、せっかく穴場だと思ったんだけどな〜」

「私の友達もあんまり知ってる子いないし、結構穴場だと思うよ。初見じゃカフェに見えないみたい」

「あ〜、外から見たらジャングルだもんね」

もしかしたらその友達が翔なのかもしれない。なんて馬鹿な考えに至るくらいには、私の頭の中は翔でいっぱいになっていた。

私がそうでも、翔は違う。

私が酷い態度ばかりとってしまったから、もうとっくに他の人と……、同じ大学でマッチングしたって言ってた人と仲良くなってしまっているだろう。

私が、ちんたらしているから。

「アカリちゃんって、一度も僕の名前呼んでくれたことないよね。もしかして名前忘れちゃった？」

忘れてはいない。ただ、呼ぶ機会がなかっただけで。

そもそも、人の名前を呼ぶことが少ない方だった。

名前を呼ぶという行為は、その人に興味か用件がない限りあまりしないことだと思う。

実際、今まではそうだった。

そして、今もそうだと思う。

私はこの男に異性としてあまり魅力を感じていない。

それはこの男が悪いわけではなくて、むしろイイ男だとは思う。ただ、私の心を翔が独占してしまっているからで――。

「憶《おぼ》えてるよ、縁司《えんじ》くんでしょ」

縁司くんは可愛《かわい》らしい犬のような笑みを浮かべながら、髪をかき上げる。

「よかったよかった。僕ね、アカリちゃんのこと結構気になってるんだよね。だから今呼んでくれたの嬉《うれ》しかったよ」

「ああ、うん」

可愛いや気になる、までは言う。でもその先、好きという言葉は絶対に言わないのが、縁司くんだった。

今まで翔という塩に塩をかけたような塩対応男としかまともに関わってこなかったから、こういうタイプの男は初めてだった。

多分、世の中の女子には人気だと思う。

犬系男子というヤツだ。

でも私はあまり得意ではない。それは多分、縁司くんも気付いていると思う。

それでも犬系男子であり続ける理由は、私を本気にさせないため。

適当に遊んで、ヤりたいことヤれればそれでいい。そんなふうに思っているんじゃないだろうか。

じゃなければ、こんなに不愛想にしている私と関わり続けることも、お寿司を奢ることもしないはず。

メリットがない。

「ちなみになんだけど、私のどこに興味を持ったの？　自分ではわからないんだけど」

「そうだね……、不純って思われちゃうかもだけど、顔が好み。それからファッションセンスもいいよね、僕アカリちゃんみたいな服装好きだよ」

個性もない、普通の大学生という感じの服装。顔なんて、縁司くんなら私よりもっと可愛い子を狙ってもお釣りがくるはずなのに。

「スタイルもいいよね、髪も綺麗《きれい》」

「あ、もう恥ずかしいからやめて」

「そうやって照れるところも可愛いな〜」

同じセリフでもおじさんが言うのと縁司くんが言うのでは全然違う。

好きなわけではないのに、普通に照れる。イケメンだし。

「そういえば、あれから元カレくんとはどう？」

縁司くんに秘密は通用しない。それは以前知った。

どういうわけか全て心の中を見られているようで、悩みを次から次に引き出してくる。

そして、今の私の悩みも、一度話してしまっているから。

「縁司くんがドタキャンした日、アッチも誰かにドタキャンされたみたいで一緒にご飯食べたけど、別に何もないよ」

「へー、その節はほんと、ごめんね？」

「いえいえ、そんなに気にしてないよ」

「でも別れた恋人とご飯って、仲良いんだね？」

「成り行きだから。別にそんな仲良いってわけじゃ……」

「ふーん？」

言い訳のようになってしまったことを自覚した。

縁司くんもそのことに勘づいたのか、それ以上は追及してこなかった。

何かを隠そうとするとそれを察せられるから、迂闊《うかつ》なことは言えなそうだ。

「お待たせしました、前失礼いたします」

縁司くんは店員さんがオムライスを持ってくるまで何かを考えているように思案顔をし続け、オムライスが来るとその顔もパァッと晴れる。

私が食べる前にお手洗いに行き、帰ってくると、縁司くんは嬉しそうに誰かとＬＩＮＥしていた。

「ごめん待っててくれたの、食べよう」

「うん！　ここを教えてくれた友達に来たよーってＬＩＮＥしてたんだ」

画面を嬉しそうに眺める姿は、これまでのどこか演技っぽい表情ではなく、心から楽しんでいるような表情だった。

目の前にいる私と話すより楽しそうな顔だ。それもうその友達のこと好きじゃん。

もう私にとっては何度目になるかわからないオムライスを食べきって、縁司くんも満足そうに食後のコーヒーを飲んでいる。

そういえば、翔はコーヒーが好きだったな。

カフェでバイトしていると言っていた。確か、縁司くんもプロフィールにカフェでバイトをしていると書いていた。

「縁司くんも、カフェでアルバイトしてるんだったよね」

「そうだよ、アカリちゃんもだよね」

「うん」

「今LINEしてた友達も、同じカフェでアルバイトしてるよ」

「そうなんだ」

さっきからやたらと翔と被《かぶ》るなその友達……。

カフェを出て、三宮《さんのみや》センター街をぶらぶらと歩いたり、服屋さんでショッピングをしたりして、私たちは夜まで時間を潰した。

夜になれば居酒屋のキャッチが湧いてくる道で、目的のお寿司屋さんを探す。

「あった、ここだよ」

奥行きのある店内で、入り口から向かって左側に見るからに頑固そうな大将が小さな声で「いらっしゃい」と言っている。

こだわりの強そうな、回らないお寿司屋さんだ。スパムとか出してきそう。もしくはイカ二貫。

大将とは正反対の、人当たりのいい店員に連れられ席に着く。

すぐ側《そば》にあったお品書きに視線を向けて、回らないわりには意外と安いんだなと安心した。

今日は縁司くんが奢《おご》ってくれるけれど、流石《さすが》に回らないお寿司だとは思っていなかったから割り勘にするべきだろうと考えたが……。

「なんでも好きなの食べてね、ドタキャンのお詫び」

「ありがとう、一応言っておくと別に怒ってはないからね」

「例の元カレくんとご飯食べれたから？」

ニヤけて言う。そういうからかいもするんだな。

「まあね、正直まだ忘れられないの。だから、気持ちを整理するためにも会っておいてよかったと思ってる」

「整理ってことは、もう関わらないようにするってこと？」

「……うん」

それが、正しい。

だって私たちはもう別れていて、お互いに今を楽しむ相手もいる。私の場合、相手は何考えてるかわからない謎のイケメンだけど。

「そっか、アカリちゃんは本当にそれでいいの？」

「いい。いつまでも未練持ってても気持ち悪いでしょ？」

「そんなことないよ。僕さ、本気で人を好きになったことがないんだ。だから、そういうの羨ましいし、素敵だと思う」

「そう、かな……」

珍しく語気が強くなって、初めて縁司くんの本音が聞けたような気がした。

だとしたら、縁司くんがマッチングアプリをしている理由はヤリモクではないのかもしれない。

ただ誰かを好きになりたいと思っているだけなのかも。

「お寿司《すし》、美味《おい》しかった。ご馳走様《ちそうさま》」

「こちらこそ、一緒に食べれて嬉しかったよ」

お店を出て、暖房の効いた店内から一気に冷たい外気に触れる。

仮に縁司くんがヤリモクだったら、回らないお寿司まで奢るだろうか、コスパが悪すぎるんじゃないか？

ただ本当に、私に興味を持ってくれているのだろうか。

「ねえ、もう元カレくんのことは忘れてさ、僕と恋愛してみない？　忘れさせてあげるよ」

手を、握られた。

最後に握られたのは、翔だった。

翔とは少し違う、可愛い系男子のくせに意外とゴツゴツした手。でもよく手入れされているのか、すべすべで触り心地は良い。

「とりあえず、ちょっと歩かない？」

手を引かれて、繁華街から離れた人気《ひとけ》のない雰囲気ある道に来る。

やっぱり、よくない。

私の心には、翔がいて、本心では忘れたいだなんて思っていない。

でも、縁司くんは悪い人じゃない。

好きになったことがないだけで、本当に恋愛をしようとしているように感じる。

なら私だって、きちんと自分の気持ちにケリをつけないといけないのではないか。

縁司くんに引かれて歩いていた足を止めた。

「ごめん縁司くん、やっぱり、この気持ちを確かめたい」

その一言で全てを察したように、小さく微笑《ほほえ》んだ縁司くんは私の手を放してスマホを確認した。

「そろそろ、かな……」

小さく呟《つぶや》いて、上手《うま》く聞き取れなかった私が聞きなおそうと口を開いた時、背後から切迫した声がかけられる。

「――光《ひかり》!!」

＊

子供の時から一人でいることが好きで、友達作りもまともにしないで、休み時間には本を読んだり寝たり、好んでボッチになっていた。

そんな俺の領域に踏み込んできたのが、光だった。

高校一年、同じクラスで隣の席だというだけでやたらと話しかけてきて。

「ねえ、どこの中学から来たの？」

最初は無視した。

でも、俺が聞こえていないと思ったのか、しつこくて。

「ねえ、どこの中学から来たの？」

「……」

「ねえ、どこの——」

「聞こえてるよ、どこだっていいだろ」

これだけ冷たくしたら、話しかけてこなくなると思った。今までがそうだったように、光もそれでお終《しま》いだと。

でも、光がそんなたまじゃないということを、ここからどんどん知っていくことになる。

「なんでアンタそんなに偉そうなのよ!!」

「……!?」

一言で言ってしまえば、型破りだった。

自分が正しいと思ったことを全力で貫きとおす。

気に入らないものは全部ぶち壊す。

そんな姿に、学校中の女子が惚《ほ》れていった。

「ちょっと藤ヶ谷《ふじがや》くん！　君足速いでしょ!?　リレーのアンカーしなさいよ！」

「嫌だ！　そんなのしんどいに決まってるだろ！」

「じゃあ毎日私を見つけたら全力で逃げるのやめなさいよ！」

毎日、顔を合わせたら喧嘩《けんか》。これは今と変わらないな。

でも、一年の文化祭で俺たちの関係は急変する。

そもそもお互い負けず嫌いな性格があって、素直になれなかった。

本当はもうお互いを気になり始めて、喧嘩すらも楽しくて、毎日会うのが楽しみで。

「ロミオとジュリエット、誰がやる〜!?　決まってるよな〜!?」

やめろよとか、怒ったフリをしていたが、本当のところ光となにかをするのは楽しみだった。

高校生にもなって、初めて俺には沢山の友達ができた。

望んではいなかったが、光のせいで強引に作らされた友達。案外悪くなくて、今でも大事な関係だ。

そして、その演劇をきっかけに、俺たちは付き合い始める。

それからは毎日一緒で、料理を練習中だと言うから食べてみたいと言ったことが始まりで、光は毎日お弁当を作ってきてくれるようになる。

心の底から、軽はずみな言動はしないと誓った。

喧嘩はよくしたけど、付き合う前に比べてどんどん減って、なんなら甘い雰囲気が漂うこともあった。

だからこそ、喧嘩した時は一大事件になる。

初めての大きな喧嘩は、俺がデートで寝坊したことで起こった。

それ以外ではいつも俺が待たされる側だったから、許してくれるだろうという軽い気持ちでいたのがいけなかった。

「遅れた、ごめん。行くか」

「え、それだけ……？　私、楽しみにしてたのに、遅れてきてさ……！」

「だって、光だっていつも遅れてくるじゃん」

　そうじゃない。

　確かに、光は遅れてくる。

　それは、化粧や髪型にこだわって、少しでも可愛《かわい》いと思ってほしいという気持ちがあって、気付いたら時間に間に合わなくなるくらい凝ってしまうから。

　でも俺は、寝坊。

　それも、二度寝しての寝坊だった。

　同じ遅刻でも、そこには気持ちの温度差がある。

　好きだから遅れたのと、好きだけど誘惑の方が大きくて、遅れた。

　この違いは大きくて、それを感じてしまった光は辛《つら》かったんだと思う。今なら、そうだとわかる。

　最初の謝罪には、正直あまり気持ちがこもっていなかった。どうせ光も遅れてくるんだし、そういう気持ちがあった。

　でも光の気持ちを理解して、きちんと謝るべきだと、プレゼントと一緒に謝った。

　愛情表現にも色々あると思うが、俺は『お金』と『時間』と『労力』をかけることが良い伝え方だと思う。

そして、それは光の受け売りだった。

「寝坊して、ごめん」

六月の梅雨真《ま》っ只中《ただなか》だった。

その週は学校の帰り道、強風で光の傘が壊れてしまっていた。

だから、それを憶《おぼ》えていて。

デート中に買った傘を、不機嫌になってしまった光に、手渡す。

「ほら、今週傘壊れただろ」

気持ちは伝わった。

俺なりに光に似合う傘を探してよかった。

光が微笑んで傘を受け取った時ちょうど雨が降り始めて。

「ちょうどいい！　今使う！　ありがとう翔！」

再会して、まだあの傘を持っていて。

まだ大事にしてくれていたんだって、嬉《うれ》しかった。

気付いたら三年が経《た》って、これからもずっと一緒だと思っていたのに。

光は学校で男女共に人気者で、モテていた。

俺が彼氏だと知っていても、チャンスがあるんじゃと光に告白するヤツは多くいた。

同時に、俺も光の影響で周囲の人間と関わることが増えていった。

これまで一切モテとは無関係だった俺も、ありがたいことに告白までしてもらえるようになった。

でももちろん、俺には光がいる。

きちんと断ってはいたが……。

「ねえ翔どういうこと⁉　後輩の女の子とコソコソ会ってるの、友達が見たって言ってるんだけど！」

それは、告白されていた時だった。

大学生になって、高校を卒業した俺に、後輩が言いたいことがあるからと呼び出してきて、でもそれを説明するのは、勇気を出して告白してくれた人を晒《さら》すような行為に思えたから、言っていいものかと悩んで。

「最近モテるようになって、私より良い人見つけたらはいお終いなんだ⁉」

その言い方には、ついカチンときてしまった。

ただ、事情を説明すればよかったのに、同じように怒鳴ってしまって。

「そっちこそ本当はもう他に良い人でも見つけたんじゃないのかよ‼」

強情な俺たちは、そこから一切引けなくなっていって。

高校の時みたいに周りに止めてくれる、俺たちの本音を代弁してくれる友達はいない。

どんどんエスカレートして、言っちゃいけない言葉も、沢山言ったし、言われた。

「大体、アンタなんて文化祭マジックで付き合っただけの恋人なんだから！　別に浮気してようがどうでもいいから！」

ただの文化祭マジックが三年も続くわけがない。

考えたらわかるだろう。

なのに、それに張り合うようにして俺も。

「俺だってそうだよ！　毎日毎日まずい弁当作ってこられて、辛かったよ！」

最低だと、自分を責めた。

そんなことを言われて、光が傷つかないわけがないのに。

「ご、……」

ごめん、言い過ぎた。そう言えたら、今も俺たちは恋人同士だったのかもしれない。

あの時言えなかったたった一言のせいで――。

「もういい、――さよなら」

去ってしまう光の後を追いかけることもできなくて、後でＬＩＮＥすればいいやって、通話で謝ればいいやって、後で、帰ったら、寝る前に、起きてから、また明日、来週、そうやって先延ばしにしていくごとに、どんどん連絡しづらくなって、気付けば一年が経ってしまって。

もう戻れないと思っていたのに、ふとしたキッカケでまた会えて、チャンスだって、今度こそって。

だから、間に合ってほしい。

せめて、誰かに取られたって、あの日のことを謝りたいから。

＊

縁司のヤツ、寿司屋《すしや》にいないじゃないか。

ポートライナーに乗って三宮駅に戻ってきて、縁司の言っていた寿司屋を目指した。

一緒に行こうって約束していた。みたいなニュアンスで話していたが、俺はそんな約束した覚えはない。

縁司が勝手に行ってみたいから一緒に行こうと言っていただけだ。

でも、その時に縁司に見せられた位置情報は憶えていた。

思い出しながら走って、その寿司屋に入ると、左側にいたクセの強そうな大将が「いらっしゃい」と小さく歓迎してくれた。

でも、俺は寿司を食いに来たんじゃなかった。

店内は入り口から全席見渡せる作りになっていて、店内にもう縁司たちがいないことがすぐにわかった。

「どこいったんだよ……！」

大将とは真逆の、やたらと明るいおじさんが「一名様ですか～⁉」と聞いてきたが、謝ってすぐに外に出る。

スマホを確認すると、縁司から『今出たよ、神社の裏歩いてるー』と、聞いてもいないのに位置を知らせるＬＩＮＥが来ていた。

まるで、俺を呼んでいるような気がした。

普段、縁司がこんなＬＩＮＥを送ってくることなどない。

俺が今どこだと聞いているにしても、丁寧に教えすぎだと思った。

縁司がなにを考えているかわからないなんていつものことだが、少し引っ掛かる。

恋愛成就で有名な神社の横道、ＨＯＴＥＬという文字が見えて、嫌な予感がする。

縁司が言っていた「実は最近、いいなって思う子がいてね」という言葉が脳内再生されて、危機感が増す。

元カレの俺がどの立場でって話だけど、やっぱり嫌だった。

だから、曲がった先で二人を見つけた瞬間に、荒い息のまま、必死な表情で名前を呼んでしまう。

「──光!!」

「なんでアンタがここに……？」

「そ、それは今いいだろ。それより縁司、そいつは……」

「なに？　今デート中だから邪魔しないでよ」

戸惑う光と、いつもとは別人のようにも思える冷えた表情の縁司。

声音も、聞いたことがないくらいに冷たく感じた。

なにより、いつも笑顔の縁司が、眉間に皺《しわ》を寄せているのが異様な光景過ぎて──。

「なに、翔ちゃん、アカリちゃんの知り合いなの？」

光の反応を見て俺たちが知り合いであることを察した縁司が、不機嫌そうに問いただしてくる。

同時に吹いた冷たい風が、余計に異様な状況を引き立てる。

「何度か話した、元恋人だよ」

「なるほどね、でもわからないな」

前髪をかき上げて、ため息をつきながら言う。

「翔ちゃん、もう未練はないって言ってたよね？　じゃあ僕がデートしても、文句言えなくない？　もう、無関係でしょ」

——無関係。

確かに、俺はただの元カレで、今光は自ら選んで縁司とデートしていた。

そこに俺が入る余地なんてないのかもしれない。

「それは、そうだけど……」

言い返す言葉もなくて、引き下がるしかないと思った。

俺に、本心を告げる度胸があれば、違ったのかもしれない。

一年も離れたことで、余計に自分の気持ちを話すことへの抵抗が生まれて、くだらないプライドが邪魔をして。

「でも、誰かに取られたくないって、そう……思うんだ」

「そっか。じゃあ、今ここで僕か翔ちゃん、アカリちゃんに決めてもらえばよくない？　ね、アカリちゃん」

光は、今どんな気持ちなのだろう。

俯《うつむ》いて、ただ縁司と俺の話を聞いている。

「未練タラタラな元カレか僕、どっちがいいか、選んでよ」

縁司らしくない言葉選びだと思った。

芝居のようにも思えた。というよりは、思いたかった。

こんな縁司は、俺の知る縁司ではないから。

「ねぇ、翔」

光はピンク色の蛍光灯に照らされていて、今どんな顔でいるのかわからない。でも、声音は落ち着いていて。

「アンタは私のどこが好きだった?」

唐突な質問に戸惑う。

そんなこと、付き合っている時でも聞いてこなかったのに。

「なんだよ急に……」

「いいから答えて」

思い出していくと、好きだったところというよりは楽しかった思い出のようなことばかりが頭に浮かんだ。

「下手くそなくせに俺のために料理頑張るところとか」

何度も食べた、光の手料理。

美味《おい》しくはないというか不味《まず》いけど、毎日作ってきてくれるお弁当は、嬉《うれ》しかった。

俺のために朝早く起きて作ってきてくれているというのが、嬉しかったんだと思う。

「何食べても美味しそうにするところとか」

だから、光とならどれだけ安いファミレスも、高級レストランのような気分が味わえる。

だって、目の前であんなに美味しそうにしてくれたら、こっちまで楽しくなってきちゃうだろ。

「笑う時両手で口元覆うところとか」

そういう小さな一つ一つの癖が、全て可愛《かわい》く思えたのはいつからだったろうか。

「階段降りる時最後の二段だけジャンプするところとか——」

「も、もういい!!」

言い出してから、思い出を振り返るように毎日をなぞっていることに気付いて、途端に恥ずかしくなる。

光も予想外といった反応で、聞いておいて顔が真っ赤だ。

「ねぇ、これ僕はなに見せられてるの？」

と、呆《あき》れている縁司。

「と、とにかく！　縁司くんは沢山褒めてくれるけど、ほとんど容姿のことだった。翔は、私のことを見てくれて、知ってくれて、それで好きになってくれたの。だから、二人のどちらかをって話なら……」

「だから、翔ちゃんとやり直したいってこと……？」

「そ、それは……！」

「翔ちゃんは？」

「お、俺は……」

すると、さっきまでの恐《こわ》い顔から一変。

縁司はいつもの爽やかな笑顔で言う。

「まあどうあれ、僕は振られたってわけだね。じゃあ僕は帰るけど、もう夜だし翔ちゃんはアカリちゃんを送ってあげてね」

縁司は光の横から駅の方に歩き出す。

俺の横を通る時、光には聞こえないように、小さな声で言った。

「チャンスは作ったんだから、後は頑張りなよ」

その言葉で、ようやく全てが理解できた。

位置を小まめに伝える違和感、縁司らしくない態度で俺を突き放したこと、全て俺と光の復縁チャンスを作る。

——この状況を作るため。

いつから、どうやって俺の元恋人がアカリであると気付いたのかはわからない。でも縁司ならそんなことはとうの昔に気付いていたんじゃないかと思う。

こいつ、察しが良いから。

「お前……」

背中を向けたまま手をヒラヒラと振って帰っていく。

さながらその姿はヒーローに見えた。

「寒い」

縁司もいなくなって二人になった。正面では鼻先と指先を真っ赤にした光が、手を擦《す》り合わせて暖を取っている。

その一言が、いきなり二人になった気まずさを埋めるためのものだとはすぐにわかった。

それもそうだ。

さっき自分の好きなところを散々言わせた後なんだから。でもそれは俺も同じで、散々好きなところを言った後だ。

更にはどっちかを選べ、なんてドラマみたいな展開、思い返せばクソ恥ずかしい。縁司の野郎、帰ってこいよ。

「勘違いするなよ。あれは好きだったところだ。今も好きだなんて、一言も言ってない」

「なにそのダサい釈明。そこは男らしく認めなさい。私は可愛《かわい》いんだから、惚《ほ》れたって恥ずかしくないわよ」

「うるせぇ、自惚《うぬぼ》れ女が」

「そっちこそ、性悪男」

最近暖かくなってきた。もうすぐ春だ。

かといって夜はまだ冷える。このまま、光をここに置いて行くなんて、優しい俺にはできない。

だから別に、好きだからというわけではないが……。

「ほら、送るよ」

「……ありがと」

ひとまず駅の方に向かって二人で歩き出す。

道中、お店の看板ばかり見ては、知っているくせに「ここにカラオケあったのかー」とか言って無言の間をなんとかしようと足掻《あが》いて。

「ねえ」

「……、なんだよ」

「来てくれて、嬉しかった」

顔を背けて言った光の言葉は、俺の耳には届かなくて。

「今、なんて言った？」

「お、同じこと二回も言わせないでくれる？　耳掃除しなさいよ！」

「お前の声が小さいから聞こえなかったんだろ！　つーか耳掃除してるわ！　一日一回はしてるっつーの！」

「それはしすぎでしょバカ！」

「うるせーよ！　バカって言う方がバカなんだよ！」

「なに小学生みたいなこと言ってんのよこのガキ！」

「ガキは光だろ！　口を開けばお腹空《なかす》いたお腹空いたって！」

「なによ良いでしょ⁉　お腹空いた時にお腹空いたって言うくらい！　翔こそデート中に眠いとか言ってたけど、あり得ないからね⁉　恋愛もっと学んでこい！」

「なーに恋愛慣れしてる感じ出してんだ！　俺が初恋だったくせに！」

「はぁ～？　私は翔と違って経験豊富のモテ女なんですぅ！　翔こそ、全然モテないくせに！」

「はぁ～？　モテるわ！　めっちゃモテるわ！　光と別れてからは色んな女の子をとっか

えひっかえしてるわ！　……って、え、経験豊富なの？」

「え、とっかえひっかえしてるの？」

少しの沈黙。

「どうだっていいし!!」

結局、チャンスを貰《もら》っても素直になれずに喧嘩《けんか》。

でも、少し前の、再会したばかりの俺たちと比べたら、少しは変われたんじゃないだろうか。

その証拠に、俺たちはお互いを名前で呼び合っていて。

「——光」

「……なに」

「光の作る料理、美味しくはないけど、好きだった。ありがとう」

「美味しくないは余計。見てなさい、いつか翔がお金払ってでも食べたいって思うくらいには上達するから」

「じゃあまず米の炊き方から調べた方がいいぞ。いつもべちゃべちゃだった」

「う、うるさいっ！」

「でも好きだったよ、べちゃべちゃの米。ははっ」

これで、あの日言ってしまったことについては謝れた。一歩、前進だ。

「わ、笑わないでよ……。私の方こそ、文化祭マジックとか言っちゃったけど、ちゃんと、ずっと好きだった」

まるでお互いが、別れたあの日の続きをするように、同じ気持ちでいて。

「か、勘違いしないで、好き『だった』よ。今も俺のこと好きなんじゃね？　とか気持ち悪いこと思わないでね」

「思わねぇよ自惚れんな。この満腹中枢欠損女」

「はぁ!?　黙れ道徳心欠損男！」

でも、思っていたよりも進展がなかった。

頑張ったのにもう少し素直になってよ……と縁司が嘆きながらどこかでため息をついている気がした。

エピローグ　奥手女子が積極的になることだってある。

余裕を持って起きて、朝ご飯とコーヒーを優雅に楽しむ。なんて理想は朝の一分でも長く寝ていたいという願望の前では無力で、ギリギリまで布団と戯れる。

全速力で大学に向かって、つまらない授業中に襲ってくる眠気と戦う。

ようやく昼になれば食堂で縁司《えんじ》と昼ご飯を食べる。

午後に授業があったり、なければカフェのアルバイトに向かって、帰るのは二〇時頃になる。

それから課題に手を付けたり、部屋の掃除や洗濯物を干したり……まあ実際は課題は全然進まないし、洗濯なんて溜《た》めこんでコインランドリーに持っていく。

休日になればアルバイトに行くか、縁司にかまってやったり。

これといった楽しみも趣味もなくて、暇さえあれば課題を横目に惰眠を貪る。

一年前に光《ひかり》と別れてからそんな毎日で、退屈だった。

別れてから気付いた。光と付き合う前はなにを楽しみにしていたのかがわからなくなっていることに。

そんな生活も、最近では変わってきた。

キッカケは縁司の勧めで始めたマッチングアプリのコネクトだ。

コネクトで初めてマッチングしたアカリさんとメッセージを交わすことが、光と一緒にいた時のような楽しさがあって、朝起きるとまずアカリさんからのメッセージを確認する。

前までは時計を確認して後五分……とか言ってたのにだ。

結局あの日のことは縁司から全て聞いた。

やはり全て縁司が仕組んだことらしい。俺と光を復縁させようと企《たくら》んでいた。

「で、その後アカリちゃんとはどうなったの？」

隣でコーヒーカップを拭いている縁司が言う。どうせ全部お見通しのくせに、俺の口から言わせようとするんだな。

「別に、何も変わらない」

「あーあ、やっぱりかー。翔《しょう》ちゃんの意気地なしー」

劇的になにかが変化したなんてことはない。

復縁はもちろんしていないし、付き合っていたころのように仲良くなったわけでもないし、光から好意を感じるわけでもない。

「でも――」

「……？」

付き合う前の関係とも、付き合っていたころの関係とも、別れてからの関係とも違う関係になった。

お互いの悪いところを飲み込んで、その上でまあなんとかやっている。友達でもなくて、彼氏でもなくて、元恋人とも少し違うような、ただお互いが居心地が良いと感じられる、お互いのことを誰より知っているからこそ理解し合える親友のような。

「前よりかは仲良くなったかもな……」

「ふーん？　いいじゃん」

縁司の反応が気になって横目で確認すると少し驚きながらもニヤついていた。

「なんだよ」

「なんか翔ちゃん、アカリちゃんと会ってからちょっと変わったなって思って」

自覚がないが、学校でもアルバイトでも一番長い時間一緒にいる縁司が言うならそうなのかもしれない。

「どう変わったんだよ」

「うーん、なんだろう。素直になった？」

「素直か……」

だったらいつか、本心も言えるようになるだろうか。

あの日、縁司の企みで俺が光に会いに行った日のことで、縁司の他にも話しておかなければならない人がいる。

月曜日になると、またいつものように食堂にいるその人に声をかけにいった。

「こんにちは、ココロさん」

「こんにちは、カケルさん」

ココロさんは普段と変わらない態度と表情でそう言ってくれる。

でも、俺はいつも通りとはいかない。

「一昨日《おととい》はいきなり帰ってごめんなさい」

きちんと謝っておかなければならなかった。

あの時、ココロさんは俺の事情を察していたようだった。察した上で、応援してくれた。

建前では気にしていないように取り繕っていても、実際は突然置いてけぼりにされて腹が立っているかもしれない。

帰ってから連絡はしてみたが、いつもと変わらない返事だった。本音はどうだろう。怒っているだろうな。

そんな心配を否定するように、ココロさんは微笑《ほほえ》んで。

「全然大丈夫ですよ、気にしないでください。それよりほら、オムライス食べましょう!」

いきなりデートをすっぽかして元恋人に会いに行った俺の行動は、ココロさんにとても失礼なことだ。

なのにココロさんは、何事もなかったように接してくれる。

本当なら平手の一発でも貰《もら》わないといけないところだろうに。

「ありがとうございます……」

オムライスを食べ進める手を止めたココロさんは、スプーンに載ったケチャップライスを見つめてポツリと溢《こぼ》すように言った。

「でも、本当は少し寂しかったです」

「……え」

「私、カケルさんといるのが本当に楽しくて、毎日こうして食堂で一緒にご飯を食べられるのが楽しみで、お出かけするってなった時もずっと楽しみにしてました」

真横に座っているココロさんは、俺と目を合わせようとはしない。

少し前まではまともに会話も成り立たなかったのに、今こうして話せているのは大きい進歩だが、俺でも今、目を合わせるのはなんだか恥ずかしい。

「元恋人さんに、会いに行ったんですよね？」

察していたとは思っていたが、言い当てられて心臓が跳ねた。

「まだ、未練があるんですよね」

本音を言ってくれているココロさんに、嘘《うそ》を吐《つ》くのは失礼だと思ったから、俺も本音で話す。

「正直、やり直したいって気持ちは……少しあります。でも、アイツの前だと素直になれないし、今は仲の良い友達って感じで、また恋人同士になれるのかって心配もあって……」

縁司が作ってくれたチャンスのおかげで、喧嘩《けんか》ばかりではあるが一応仲良くなったとは思う。でも、恋愛と言っていいのかは微妙なところだ。

光に彼氏ができたら、俺はどう思うだろう。

俺に彼女ができても、きっとアイツは「ふーん」とか言ってどうでもいいような態度をとる。

自分の気持ちがまだ、わからない。ただ他の男と一緒にいる光を想像したくないとは思った。

「私はカケルさんのおかげで変われました。今も変わろうと頑張れています。だから、カケルさんがなにかに悩んでるのなら、力になってあげたい」

ココロさんはずっと正面を向いていたが、その時は俺の目を見て。

「新しい恋を見つけられれば、元恋人さんを忘れられるくらい、誰かを好きになれたのなら、もう……悩まなくていいですよね？」

「ま、まあ……？」

だからコネクトを始めたというのもある。でも結果、こうしてココロさんみたいな素敵な人に出会えたのに、俺は光への未練を完全には断ち切れていない。曖昧で、最低だ。

「誠実なカケルさんだから、そうやって本気で悩めるんです。私はカケルさんのそんなところに惹《ひ》かれてます」

ココロさんらしくないストレートな言葉で、耳が熱くなるのがわかった。

でもココロさんはそうでもないのか、いつもの緊張している様子はない。

「だから、私が――」

ココロさんはそこまで言って口を噤《つぐ》む。今になって恥ずかしくなってきたのか、目を逸《そ》らしてスマホで何かを打ち始めた。

「ココロさん……？」

しばらくなにかを入力していたかと思えば、俺のスマホが鳴った。

ココロさんがスマホで真っ赤になった顔を隠しながら、こちらを見つめていて、その通知がココロさんから届いたものだと察した。

スマホの画面には、一件のLINE通知。

ココロさんからのメッセージには、こう書かれていた。

『もう元恋人さんのことで悩まなくてもいいように』

ココロさんは、その前置きに続くように、俺の眼前、スマホ越しにその言葉を送信した。

『私が、忘れさせてあげます』

ココロ
もう元恋人さんのことで
悩まなくてもいいように
私が、忘れさせてあげます

あとがき

本書をお読みいただき、ありがとうございます。ナナシまるです。

本書が生まれた経緯は、新作のアイデアを出している最中、普段ライトノベルを読まない層にも注目していただけるような要素があればと考え、コロナ禍により異性との出会いが少なくなった現在、利用者が急増したマッチングアプリに目を付けたところからでした。

実際に私も入会してみると、なんと元恋人とマッチングしたんです。マッチングしただけで会ってませんが、その事がこの作品の生まれたきっかけになりました。凄《すご》い偶然。

それでは、謝辞です。

担当編集のK様。今回も未熟な私を支えてくださり、ありがとうございます。

私の担当編集がKさんで本当によかったと、常々感じております。

イラストを担当していただきました、秋乃《あきの》える様。心《しん》ちゃんのキャラデザで『乃木坂《のぎざか》っぽく』という抽象的な要望で難しいことを言ってしまったのに、イメージしたものをしっかりと汲《く》み取《と》ってくださいました。ありがとうございます。

加えて校閲様、角川スニーカー文庫編集部の皆様、各書店の担当者様、営業様、そして本書を読んでいただいた読者の皆様、ありがとうございました。今後もよろしくお願いします！

マッチングアプリで元恋人《もとこいびと》と再会《さいかい》した。

著　ナナシまる

角川スニーカー文庫　23241

2022年7月1日　初版発行

発行者　青柳昌行

発　行　株式会社KADOKAWA
〒102-8177 東京都千代田区富士見2-13-3
電話　0570-002-301（ナビダイヤル）

印刷所　株式会社暁印刷

製本所　本間製本株式会社

Printed in Japan　ISBN 978-4-04-112670-7　C0193

★ご意見、ご感想をお送りください★

〒102-8177 東京都千代田区富士見 2-13-3
株式会社KADOKAWA　角川スニーカー文庫編集部気付
「ナナシまる」先生「秋乃 える」先生